ビースト・ゲート
生命体の開拓者
米村貴裕
イラスト／井口 晃
みらいパブリッシング

プロローグ

全世界に3ヵ所しかない深宇宙観測所では、先のエネルギー生命体との大戦乱で生まれたラグランジュポイント（重力が安定した宙域《ちゅういき》）の原始恒星系《こうせいけい》、その分析が行われている。

だが、白衣をまとう田之上所長が精密分析を命じても、原始恒星系から戻ってくる結果に変化はない。

「田中オペレーター？　星のタマゴが誕生して半年足らずで〝生命体反応〟など、ありえん！確認されるわけがない！　まだ固い地すらないガス雲の状態だぞ」

「しかし所長、他の観測所も同じデータを検出しています。計器の故障や観測ミスではありません！　あそこには、確かに〝何か〟がいるのです！」と、田之上所長並みに高ぶった女性オペレーターが、コンソールからアーロンチェアを傾け、強く訴えかけてきた。

「それはエネルギー生命体の残党、……ではないのか？」

先の大戦乱で人間の住む世界は思い知らされた。知的生命体は必ずしも「ヒューマノイド（人間型）」の姿を持つ者だけではないと――。

「反応は似ていますが一致は、……していません！　それに情報は途切れ途切れですし」

「こんなにも近くなのに途切れ途切れだと？　それにいったい、どんな生命の反応なんだ？」

女性オペレーターのあいまいな回答に、つい田之上所長も苛立《いらだ》った。ワイドなガラス張りの中央観測室は、水を打ったように静まり返る。

「わたくしも危険な胸騒ぎを感じますわ」

ここへ、非常勤として籍《せき》を残していたドラゴンの化身で、クールな出《い》で立《た》ちとスタイリッシュさを合わせ持つ背の高い明蘭《めいらん》が、淡い色のワンピース姿で現れた。事情は察したとばかり、明蘭は窓越しに、昼間の空でも、煌々《こうこう》と見える原始恒星系のガス円盤に、目を向ける。

背の高い彼女は窓辺へ寄り、ドラゴン独特の感性を働かせるように、田之上所長には思えてならない。事実、そのとおりだった。

「その〝何か〟が極限のエネルギーで作られた宇宙のトンネルを、はあぁ、もう抜け出てきています」

「なに、明蘭さん、宇宙のトンネルですと？　何が出てくるかわからない。有識者へ非常招集をかけるんだ。もちろん第一人者の彼にもな！」

整ったポニーテールを揺らす明蘭を、信じ切っている田之上所長は時間をムダにせず、指示を下した。「彼」と言ったとき、明蘭が微かにほほ笑んだのは、自分の見間違いだろうか？

それより、情報は多く持っているほど、選択肢が増えて優位に動ける。我々は謎めくトンネルの先にある生命体反応を、検出していたのか――？

「明蘭さん、それは、どこへつながる宇宙のトンネルです？　抜け出た先の存在は敵対勢力ですか？　宇宙のトンネルとはワームホールと関係しますか？」

「田之上所長は、ブラックホールやワームホールに、お詳しいのですか？」

「もちろんですとも！」と自信をもって、うなずく所長は情報を求め、飢えた獣と化した。明蘭はなんとなく、探るような目つきでこちらを見てくる。先の大戦で使った〝アレ〟については、限られた者しか知らないはずだが……。

「そうなんですか。ええ、宇宙のトンネルはみ――」

言葉途中で明蘭は、ポニーテールを結《ゆ》わいた頭を両手で抱き、痛々しく振るい、息も荒くし、もだえ苦しみだした。田之上所長が彼女の肩口を持って支える。同時にヒステリックな声でオペレーターが、火急の事態を伝えてくる。

「電波探査を行っていましたが、相手に位置を特定されて、あぁぁ！　システムのセキュリティがどんどん突破されています！　ここ、観測所へのハッキングがとまりません！」

「システムシャットダウン！　すべての電源を切れ！」

目を見開《みひら》き、声高に田之上所長は命じた。

「で、できません！　どこからかエネルギーが強制流入してきています！　システム暴走、記憶回路も現在、外部から浸食中！」

もはやこちらに残された手はひとつ――。頼もうとした明蘭も同じ考えに至ったようで、普段なら服を気にする彼女が、急速に体を膨らませ、着衣は、はち切れていった。

よろめきつつも、明蘭の裸体はすでに淡い緑色のウロコと置き変わっていく最中で、口から、そして手足から牙の列と、カギ爪とが次第にぬっと生えてくる。

「くっ、くくぅ……ガァア、アァ！」

「所長命令だ。オペレーター、並びに人員はすべて屋外へ退避せよ！　責任はわしがとる！」

厳命した田之上所長は下唇を噛みしめた。地球の文化や私生活の情報なら、誰に見られてもかまわない。ただ、防衛力や科学技術についての機密情報を〝何か〟に晒《さら》すわけにはいかない！

情報すべてを奪われるより先に、システムを物理的に壊してしまう必要があるのだ……！

ビースト・ゲート

生命体の開拓者《かいたくしゃ》　もくじ

イラスト／井口晃

第一章

伝説が求められるとき

1　皮肉と不思議の国の使者

「あー、また僕のせいだ。まいったなぁ。ねぇ、ごめんってば」

抜けるような青空の下、新緑の生い茂る登山道を独りで歩き、苦しげにつぶやいたのは、深宇宙観測所から呼び出しのかかっている「第一人者」こと、桜橋聖竜《せいりゅう》だった。「七色空間仮説」、いや、もはや仮説ではないが、それを編み出した聖竜は、幼少時からの夢だった「ドラゴンに会う願い」を見事、果たせた。

この地球は赤、青、緑色、そして可視光外《かし》がお互いに見えながらも重なり合う、空間同士で造られていると研究していたのが、現在、足にマメを作った聖竜だ。それら各空間を往来できるゲートを、聖竜は拓《ひら》いた。

ありのまま人間と、緑色が空間の基調周波数《きちょうしゅうはすう》である世界に住まうドラゴンたち、赤色の空間に暮らし、オオカミの姿をとる生命体、最後に可視光外のエネルギー生命体がファースト・コンタクト（最初の出会い）をした。人間は地球に居ながら「知的・異生命体」と出会った。

しかし利権や自己満足的な欲望の渦は、どの世界や空間にも存在する醜《みにく》いものだ。一時は新エネルギー資源「コンバート・エメラルド」等をめぐる悪行で「宇宙」へ悪影響を与えないため、地球の自爆までカウントダウンされた。月は燃え上がって木っ端《こっぱ》みじんとなり、二次元空間までもが物質化し、攻めてくる始末。

「おーいってばぁ！　そっちは方向が違うよぉぉぉ」

自分で聞いてもヨレヨレな調子で聖竜は、空へ向け声を放ったが、こんなふうに、それぞれの生命体が「考え方の方向性」に対し、我を張ったから、先の戦乱は起きたのだ。

結局は物事の多様性（さまざまな方向性）に助けられ、今では各生命体同士が「七色空間縦断ゲート」を使って往来し、まぁそれなりにお互いの文化や風習などを学び合っている。

「じゃあどっちなのよ、聖竜？　ポイント（位置）を正確に言って！　あ〜〜あ、さっきの清らかな水の滝浴びと比べて、まったくほんと」

「もうずぶ濡れだろう？　滝はもういいから！」

「よくない！」

こう明るく太い声でどなり返してきたのは、孤児だったこの自分の身内で、新妻となってくれる「はず」の雅《みやび》なフェニックス・ドラゴンから淡い緑色のドラゴン、さらに若い人間の姿にまで変われる「光香《ひかり》」（こう書いて「ひかり」と読む）だ。

まだ彼女のご両親に挨拶《あいさつ》していないがため、結婚はおあずけになっている。光香《ひかり》がドラゴンの姿をとっているときは「フォトン」という名が正式なので、なかなか呼び方の使い分けがややこしい。

とにかく聖竜たちは、宇宙のエネルギー源をうまく変換できる「コンバート・エメラルド」と組成（作り）が似た鉱物のサンプル採集に来ていた。専門の研究所が建てられるから、自ら採集に来る必要はないのだが、実質、これは光香《ひかり》＝フォトンとのお泊りハイキングなのだ。

もっと楽しくいかないと……。

「ポイントは言ったよ。あとはそっちの硬い岩盤をどうするかだな」

「りょーーかい」

気だるそうなフォトンの返事だ。そして聖竜の幼馴染《おさななじみ》「光香《ひかり》」がドラゴンだったとは、驚きの大発見であり、時間をかけて仲良くならなくていい分、あまりに幸せすぎる厚遇だった。だけど基本、光香《ひかり》ことフォトンは、ドラゴン寄りの性格が強く出ている。

「光香《ひかり》、いや、今はフォトンか？　まずはゆっくりと……」

そう言いかけた瞬間、激しい爆音がとどろいた！

全身がビリビリと音の振動を感じとる。野鳥や、あれは大型の猛禽類《もうきんるい》だろうか？　そんな連中たちは、爆音に仰天したようで散り散りに森から飛び去っていく。

かく言う聖竜も、びっくりし、両腕で自分自身の体を、ぎゅっと抱いていた。朝露《あさつゆ》が残る若葉の茂みもガサゴソ音を立てたから、野生動物も驚き、逃げ隠れしたのだろう。

そしてその爆音は山間を駆け抜け、先の先までこだましていく。不覚にも軟弱さを露わにしてしまった聖竜は、よくわからない怒りをこめて光香《ひかり》の方を、いいや今はフェニックス・ドラゴンの姿だから真の名「フォトン」と呼ぶ方がいい。

「フォトン！　いったい何やってるんだよ～～！」

口元に両手を当てて叫んでから、聖竜は彼女がやった行為に気づいた。鉱物のサンプル採集にジャマな岩盤を、彼女はウロコのこぶしで易々《やすやす》とぶち抜いている。必要なサンプルは少なくてよかったのに、これでは採集者としてマナー違反だ。

しかし光香《ひかり》ことフォトンは、優美なフェニックス・ドラゴンの姿を陽光へ、虹色に反射させ、悪びれた顔つきさえしていない。山肌は大きく崩れ、サンプル鉱物の鉱床が露出していた。

フォトンはサンプル採取しながら、流れるようにスマートな鼻先と澄んだ黄色い瞳だけを、こちらへ鋭く向け、飛び上がった。

「なによ、その仏頂面《ぶっちょうづら》？　人間だって発破《はっぱ》工事するでしょ。それと同じじゃない」

「いやぁ、それは、きちんと許可、取ってからだけどね」

言い返した聖竜が、ワイドで艶《あで》やかなフォトンの翼を眺めていると、今度こそワザと、彼女はドスンと美しい指の足型を、野原に作る勢いで荒っぽく下ろしてきた。

こんなフォトンだけど、聖竜は、彼女のやさしさを知っていたから、あえてつっけんどんな態度をとってみる。ところがフォトンは怒るどころか、上の方から哀れそうな目つきでこちら

を見、岩盤もぶち抜くパワーの手をもたげ、その指先で聖竜の頭をやわらかく、なでなでしてきた。

えっ？

あんなにもパワフルなドラゴンの手が、今はこの身の頭や顔を信じられないほどデリケートな力加減で、なでてくれている。よくわからないまま聖竜がフォトンのウロコの指に手をやると、指はきゅきゅっと、これまた、つまむようにソフトに掴んでくれた。つづけてフォトンは、聖竜が考えもしなかったことを口にしてくる。

「ごめ〜〜ん。そうよね。聖竜のビビリな本質を忘れてたわ。もう落ち着いた？　帰り、あたしの背に乗せるとき、バッチイからこれ以上、絶対にちびらないでね？」

「へ？　あ、あぁっ！　こ、これはペットボトルのジュースがこぼれて――」という聖竜の手には何もない。装備品は離れに置かれている。ジーンズは、その部分がしっかり濡れている。

あぁ、この歳になってまさかの初「ちびり」をやってしまった！

かがんでいる巨躯《きょく》のフォトンは、数キロメートル先からでも、わかるくらい、ニヤついていた。だけど、聖竜もプライドにかけて単純に認めるわけにはいかない。ポケットに濡れティッシュはあったので、それを取り出し、汚れを拭いていたんだと濡れティッシュを使ってみせる。

「よし。濡れたけど、これで汚れは取れたぞ！」

「はいはい。一応、バッチく濡れたとこ、拭くのはエチケットよね。あたしに乗って帰りたければ」

「あ、あのさ。サ、サンプルは酸化しやすいから。専用ケースに入れよう」

真顔で話題を変えてみたものの、フォトンのニヤついたドラゴンの顔つきは、まるで変わらない。ところが、ウロコの大きな彼女の手からサンプルを受け取るとき、思わぬ発見をしてしまう。ウロコの一部がはがれ、乱れ、合間から血がにじみ出ていたのだ。聖竜は、フォトンも採集するとき、真剣だったんだと知り、まず新しい濡れティッシュで、せめてもの消毒と、こびりついた砂塵《さじん》を拭《ぬぐ》ってあげる。

「聖竜……、あ、あたし、その……、これくらい大丈夫だから。ドラゴンなのよ?」

引き上げようとするフォトンのスマートな手を、聖竜は気迫で掴み、その場へとどめた。フォトンは、いいや、今の振る舞いなら光香《ひかり》というべきか、彼女は性格的に、やさしくされることに、自分と同じく慣れていない。

「フォトン? こーんな山奥だよ。誰かが見てるわけないから」

「……ありがとう、聖竜。こんな聖竜、あたし、大好きよ♪」

「ぼ、僕もフォトンが、どんな姿でも愛してる」と、先ほどの不安もあって、顔から火が出るような言葉が口からポンポン飛び出たが、事実だ。事実は否定できないし、それはフォトンもわかってくれていて、反対側の大きな手でこちらを掴むような、ドラゴンらしい圧倒的な「ハグ」で応じてくれた。

聖竜はフォトンの手の乱れを拭いながら、普段より軽い足音で、もはや不要になった削岩機を含む装備品のところまで仲良く歩いていった。装備品の中には確か、応急治療装置も入っていたはずだ。

ここでフォトンが立ち止まり、整った素敵なマズルを下ろすと、聖竜へ耳打ちしてくる。そこにはニヤついた表情はなく、真逆の警戒し、引き締まった彼女のウロコが見てとれた。

「聖竜。装備品のところから不気味なオーラを感じるわ」

「……クマとか？」

「いいえ、〝何か〟としか言えない。聖竜、念のため、あたしの陰に入っておいて」

その必要はないとばかりに、聖竜は茂みの向こう側にあるはずの装備品へ向け、拾った石を投げつけた。自分たちは戦いに来たのではないから、〝何か〟なんてもの、追い払えばいいだけのこと。

だが弓なりに飛ばした石は、茂みの向こうの空中でカチンと音を立てて弾かれた！　たとえばパントマイムなら、見えないカベに弾き返されたような……。そしてこれは相手の反撃なのか、茂みが猛烈に燃え上がり、炎のカベとなった。

「こんなことができるのは……、超高エネルギーを持つ存在だけだ——」

つづけて聖竜が見たもの。それは、散らかされた装備品だけであり、人影は一切ない。直後、またもやエネルギーの波動さながらの燃え盛る存在が、こちらへ向けて放たれた！　健気《けなげ》でやさしいフォトンが、ちっぽけなこの身を護《まも》ろうと、とっさに前面へおどり出てくれる。

「ガァァァァ！」

燃え盛る存在は直撃コースだ。直撃したら、空間を歪《ゆが》ませるほどのエネルギーの波動だから、フォトンはそのまま、茂みのごとく「焼失」してしまう可能性だってある。

「フォトン、いつも一緒だぞ！」

ばかやろうの自分には、こう叫ぶ時間しかなかった。「油断大敵」とはこのことだ。聖竜は跳ね飛んでフォトン＝光香《ひかり》へ体をくっつけた。いつも一緒ならエネルギーで「焼失」するときも一緒だ！

「ありがとね、聖竜！」

だが、猛《たけ》り狂ったエネルギーの火炎波動《はどう》は、こちらへ直撃する寸前に消えた。こつ然と消滅してしまった。しかし、それで終わりではない。すぐさま筋骨隆々《きんこつりゅうりゅう》な四足の肉食獣・オオカミ似の姿がホログラムそっくりに現れ、実体化する。オオカミ似の相手は、肉体美とは裏腹に少しうつむき、申し訳なさそうな、そんな苦渋の表情をうかべていた。

「その名を聞かねば、オレは罪を犯すところだった……。すまない。オレはふたりが寄生されているものと思ってしまった」

「寄生？」と、わけがわからず、聖竜は腑《ふ》に落ちない。

「オレの名はローグ。我らの星を造り、護《まも》ったという伝説の神の名を受け継ぐ者だ」

「……ローグ、か」

この名を聞き、聖竜は猛烈な懐かしさを覚えた。情報屋ローグ。彼の最期《さいご》の仕事は宇宙空間へ溶けこみ、現在、形成が進んでいる原始恒星系《こうせいけい》を誕生させ、見守る役目だった。赤色が基調《きちょう》周波数《しゅうはすう》の空間に住んでいた、オオカミ姿のローグ。

だが、それもつかの間、聖竜はふと我に返り、そのとなりに蜃気楼《しんきろう》のように現れてきた全身白地に近い相手を見やった。そしてポカンと目も口も開く。

（初めて出会う生き物だ！）

大きめな相手は人の形こそして二足で立っているものの……。着ぐるみみたいに全身がオオカミと同じ体毛をしている。でも「白い毛」で覆われ、背中からはドラゴン似のコウモリ形状をした翼を広げ、頭からは角を生やしていた。今の世に、こんな生き物はいない。最初、聖竜はエイリアンかと思ったが、当ては外れていた。

「うーん。いいの。半分アタリかしらねぇ。あたしはジャンクミーネ。文字通りのジャンクですわよぉ。よろしくね♪　愛想なしなローグの分も含めてぇ」

　快活で柔らかい声色のジャンクミーネは、敵意がないと示すためか、フォトンの巨躯《きょく》に怯《おび》えることもなく、回転してからフサフサの毛と肉球、ドラゴンのカギ爪、そう、まさしくジャンクな状態の右手を差し出してくる。聖竜もちょっとこわごわ手を出していった。

　不意に「新」ローグがニヤリと片方の牙を見せ、自虐的《じぎゃくてき》とも言える笑みをとった。ヤレヤレといった感じで黒く太い首も振っている。

「オレが愛想なしだと？　クールだと言ってくれ。それにオレだって25％のジャンク品だ」

「……」

　呆気《あっけ》にとられつつも、聖竜はチャレンジャーの気持ちで、ジャンクミーネの手を握り返した。目の前のふたり（？）に、もはや闘気《とうき》は感じられない。それに相手の素性が、聖竜の心の奥底では推測できていた――。

　自分の武骨《ぶこつ》な手がきゅきゅっと、モコモコな温かい手に握り返され、聖竜は宇宙に散ったローグの毛並みと、いつも触っているフォトンのウロコの雰囲気を感じとれた。なるほど、こうなるのか。まず間違いなく自分の推測は、当たっているだろう。

　そのままの姿でジャンクミーネは、体の大きさをやや小柄な人間サイズに変化させていった。姿を変えるのではなく、大きさだけを変えられるのは「気体」や「エネルギー」が密度の調整

を行うもの。

「キミたちは……」

聖竜はひと呼吸、間を開け、推察したことをストレートに言い放った。深宇宙観測所では観測機器の不具合か、未知の事象《じしょう》とされていたが、計器の表示は正しかったのだ。生まれたての原始恒星系付近にあったエネルギー生命体の残存が、それをまねいたのか「意図」されて造られたのかは、尋ねないとわからない。

「数千年、いいや、もっと先だ。キミたちは少なくとも数万年先の未来から、やって来た、この地の生き物だね？」

「そうだ」

ぶっきらぼうにうなずく新ローグは四足状態のまま、うち一本の足で地面を引っかいている。お相手たちは、人間やドラゴン、オオカミ似の仲間以外に、残存していたのだろう「エネルギー生命体」まで友達に、そう、愛の相手にし、誕生してきたハイブリッドな生き物たちなのだ。

チラリとこちらを見たローグは、単調に言葉をつづける。

「まさかここで伝説の『獣の開拓者』様と会えるとはな。これも運命か？」

「じゃあ、この先、地球は多種族が仲良く暮らす世界になって――」

「ま、戦争もあったがな。オレはわかるだろう？　エネルギー生命体を祖母に持つクォーターだ」

あぁ。だからさっき、あんな超高エネルギーの波動を、易々《やすやす》と扱っていたんだ。人類はまだ開発できていないエネルギーのシールド。それらをふたりは、バリアのように使ったり、攻撃の刃としたりできる。

ふっと、ここまで黙って話を聞いていたフォトンが、やや警戒したしぐささを見せながら、鋭い質問を、未来のふたり組へぶつけた。

「ローグさん、ジャンクミーネちゃん？　単なる観光目的で遥かなる過去へ戻って来たわけじゃないわよね？　あたしたちとも偶然、遭遇したのかしら？」

「それもそうだな。それに〝僕たちが寄生されてる〟って、何のことだ？」

負けじと聖竜も姿勢を正し、フォトンに追従した。この重苦しい空気は、愛らしい着ぐるみ姿さながらのジャンクミーネが、黒きローグの頭をコツンと叩くことで塗り替えられる。

「こらぁローグ。伝説の神々とお話してるのよぉ。ねえ、感動的って気分にならないのかなぁ？」

「まだオレは、ここに居たふたりが我らの星を創りし神々だと、ひとつも認めていない」

うなるような、また、挑発するようなローグの言葉に、普段は冷静な聖竜もカチンときた。

ふーん、ならば世間では、疑似科学と言われているけれど、ローグの「バイオリズム」（心身の状態を表す周期的な波）を低調にしてやり、ちょっとだけ体を不調にさせてやろう。自分だってエネルギー生命体との戦いで、単に「お付き合い」していただけではない。こんな疑似科学の分析もしていた。たぶん、できる！

聖竜が散らばる装備品から、特殊タブレット端末を見つけ、そこに減衰《げんすい》曲線（どんどん勢いが落ちていく線）の数式を書いてやった。赤・青・緑色を基調周波数とした異世界が近接していたように、実は二次元世界（平面だけの世界）や空間も次元追加処理をしてやれば、この三次元世界へどうにか呼び出せるのだ。

要するに、描かれたグラフや絵、なんでもいい。平面をこの世界に「実体化」できる。呪われし減衰曲線が生まれたところで聖竜は、その曲線を幽霊さながら、ローグへ電波で憑依《ひょうい》させてやった。途端、ローグの顔色が変わっていく。

「む。むむ。体が重く感じる」とつぶやくローグへ、聖竜は小石を投げつけてやった。本来ならエネルギー生命体の力でシールドを張れるはずだが、小石はローグの頭へ、またもコツンと命中した。ローグは小刻みに首を振るう。

「そんなバカな。ち、力が、入らん……」

「当然だ。ローグが持つエネルギーと、その威力が減衰する曲線を結合させたからな」

「へっ……な、なんだと？」

ペンは剣よりも強しと言われるが、聖竜はこの世のエネルギーも、開発した次元相関機さえ使って操《あやつ》れば、相関関係（お互いに影響をおよぼす関係）にでき、現実世界へ実体化すらさせられる。あの戦いと、さらに分析研究の副産物とで、そのことを発見していたのだ。これは、そのいい例だ。

効果範囲はごく限定的だが、万一を考えて作り、文字通り「数式」（ペン）を、結合させればエネルギー（剣）より強くなる。まだまだ限定的で使う条件は厳しいけれど、革命的なエネルギー制御方法となり得るものなのだ。

エネルギーを減衰させられたローグは、強がりながら、ググっと身を伏せ、肉弾戦をするような前傾姿勢をとる。聖竜は息を呑んだが、その瞬間、ローグが跳ね飛んだ。

「ひええっ！」

「ウガァァァァ！」

口火を切ったローグ。身をよじって聖竜は、情けない悲鳴を漏《も》らしたが、ローグはそのわきをすり抜け、キャップのゆるんだペットボトルの水を口にしていた。このローグも原始恒星系に身をささげた「情報屋ローグ」と同じく情報ツウなのだろうか？

万物霊長《ばんぶつれいちょう》を育《はぐく》み、エネルギー的に中性な「水」で〝呪い〟を洗い流し、聖竜の放った減衰の効果を、うすめようとしているように思えたからだ。ひそかに、以前のローグ復活を願う自分が、ここにいる。

「のどが渇いてたの？」と、しらばっくれて聖竜は、ローグへ問いかけた。

「それもある。だが憑依させられた電波を中和させ、あんたを驚かせるためだ」

「なにっ、電波を中和だって？」

聖竜が心底驚きの声を放つと、ローグはオオカミ姿なりにニヤリと牙を見せ、得意げに言葉を並べてくる。いわくエネルギーを減衰させられても、水をイオン化（帯電）してやれば、影響はうすれるらしい。それは、ペンで書いた文字が水分で読めないほど、にじむようなものだという。

「ふん。この時代のテクノロジーは、ま、こんなもんか……」

「くっそ！」

聖竜は、そのとおりだったのでまったく言い返せない。だから、深宇宙観測所の望遠鏡も、適当な具合に手玉に取られていたのだろう。

ここで聖竜は、当の観測所からＡＩスマートフォンへ呼び出しがかかっていることに気づく。

量子《りょうし》暗号化がかかったメールには、緊急招集についての他に〈中心部の宇宙のトンネルより、とめられないハッキングを受け、全システムを物理的に壊し……〉と書かれ、途切れていた。

「とめられない謎のハッキング……か」

顔を戻し、聖竜はいぶかしげな面持ちで、装備品の水を全部飲んでしまったローグを見やる。なにかを察したのか、ローグも未来の獣とは言え、まだまだ野性感が色濃く残る鋭い瞳を、こちらへ向けてきた。

「あんた、オレのこと、良く思ってないな？」

「……悪いけど、まだ信用できてはいない」

正直に応じながら、右手を差し出した。試しに〝握手〟を求めてみたのだが、ローグには全然、通じない。普通なら、手を握れば、だいたいのことはわかるのに……。

握手をあきらめた聖竜は、先読みして現代地球のことを、どこまで探ったのか問いかけてみる。するとローグは珍しく素直に詫び、この時代で「ある物」の製造が可能かどうか知りたかったと答えた。

「まぁすべてを知るのは、オレとジャンクミーネしかいないがな、現在は」

「現在は、って？」

聖竜は、ふたりが物見遊山《ものみゆさん》でタイムトラベルしてきたとはハナから思っていなかった。けれど、深刻な事情を、どうやら未来のふたりは伏せていそうな気がする。ローグたちはなぜ、この時代、そう、〝今〟を選んで時空を超え、旅してきたのだろうか？

「あんた、そう心配するな。オレたちは片道切符しか持っていない。それに、オレたちの時代の地球はもう……」

「えっ、未来の地球に何かが起こっているのか?」

「……」

大柄なオオカミ似のローグが神妙な雰囲気をただよわせ、言葉を区切った。説明にはジャンクミーネも加わっていた方がいいとのこと。うなずいた聖竜だったが、くわしい説明は、科学者たちも多く、ちょうど呼び出しもかかっている深宇宙観測所でするのが最適だと思う。

「待ってくれ。オレは、あんたたち以外はもっと信用できないんだ。あそこには、ある悪神の祖先がいるはずだ!」

「ははーん。そいつを殺し、未来を変えようとしてるんだな?」

「いや、殺せやしないのだ。そして多くのコンバート・エメラルドを変質させた時点で、奴らは進化やら変化やらをし始めた」

あのときの厄害では、解決のためコンバート・エメラルドの意図的な変質作業が不可避《ふかひ》だった。変質させていなければ、地球は、いいやこの宇宙全域も危うい状態だった。その結果が何者かの「進化」をうながすことにつながっていたのか――。

自分たちは「勝った」とうかれ、各色の空間へつながる縦貫ゲートの建築まで、やや強引に行った。ローグをみていると、一見、ゲートの開拓は、文明の大きな発展と悠久たる平和をもたらしたように受けとめられた。しかし、遠い遠い未来世界へ向け、様々な問題（環境汚染等）を先延ばしにしただけだったのかもしれない。

草地に散らばる装備品をよくよく見れば、「中性子《ちゅうせいし》カウンタ」が若干、点滅している。自分たちは、中性子を放出するような物は持っていない。

「ローグ？　何を隠し持ってるんだ？」

聖竜は立ち上がると、大柄なオオカミ姿のローグを、きつくにらんだ。ローグは硬い表情で首を横に振った。

「たずさえているのはジャンクミーネだが……。あんたたちはオレたちに協力するか？　それとも未来のため、申し訳ないが地球を消滅させてくれるか？」

「……。それが、僕たちや、この世界への選択肢なのか？」

「ま、そうなるな」

野生の目つきをしたローグの言葉が、ハッタリではないと見抜いた聖竜は、背筋に凍りつくようなイヤな汗が流れ落ちるのを感じとる。そして自然と二、三歩、後ろへ逃げる格好で下がっていた。自分はあのときの戦いで、いったい何をしてしまったんだ？

2　未知なる致命的「寄生」やまい

草地と茂みに囲まれた山間から、かなり離れた都市部郊外。立ち並ぶ望遠鏡や各種アンテナが目立つ深宇宙観測所では、情報関連を記録する機械が、所員たちの手で壊されていた。壊す際の火花で軽いやけどを負った者も多い。しかし機械類はどうにかとまり、この場は騒然としている。

例外は、ハッキングと縁のない、高精細ＣＴの稼働だった。明蘭《めいらん》は本来の姿であるドラゴン「ライト」への変身途中に倒れて元の姿に戻り、白衣姿の専属医の下で検査が行われている。シンプルな衣服をまとう明蘭の各種撮像が終わり、専属の医師はちょっとダンディーな声で問診をつづけた。

「ライトさん、いいえ、明蘭さんだね？　今は。あなたはこれまで、自分自身が宿すコンバート・エメラルド以外の〝それ〟に触れたり、実際に持ったりしたことがありましたか？」

「はい、あります。博物館でオーパーツとされていた物を必要だと思い、持ち出しました……」

「……。あなた自身とプライベートなことで、ちょっとお話したいことがあります」

そう言うと、医師は明蘭を、この簡素な医務室へ担ぎこんだ男女所員の人払いをした。

それが済むと田之上所長だけを内線で呼び、医師は白衣のスソを伸ばし整えたのち、前置き抜きに「診断結果」を告げてくる。

「明蘭さん。あなたの体内から〝カビ〟とよく似た未知の胞子《ほうし》が発見されました。しかもそれらは、シナプスを伸ばし、ネットワーク回路網、ええ、人間で言えば脳細胞そっくりなカタチを取り、生命体になろうと増殖しつつあります……」

専属の医師は「ドラゴン種固有の病でなければ」と付け足したが、明蘭もそんな病については聞いたことがない。

ある程度の数と複雑さまで、カビのごとき胞子のネットワークが形成されれば、それはもう一個種（生命体）へと変貌するという。明蘭はストレートにその可能性を問いかけた。

「わたくしが未知の胞子に寄生されていると？」

「CTの画像では、まるでガンの腫瘍《しゅよう》のように大きくなっています。博物館のオーパーツと言われましたね。恐《おそ》らく太古から眠っていたそれは、先の戦いの刺激で活動を始め、何かの合図を待っていた。そして何かを行おうとしている。これが私の見解です」

「……知性がある寄生生物だと、おっしゃりたいのですね？」

あくまでも冷静にふるまう明蘭に対し、医師は苦笑いをし〝植物〟にそこまでの知性はないと断言した。だが、話を静観していた田之上所長が、寄生生物の自分自身の伸ばし方について触《ふ》れる。明蘭の中にあるコンバート・エメラルドをエネルギー源とし、超深宇宙通信に用いるアンテナのような形状をしていると――。

「田之上所長。わたくしがあのエネルギー生命体を呼び寄せてしまったのでしょうか？」

「いいや、それは時系列的におかしい。寄生生物は、これから先に起こす〝悪さ〟を企《たくら》んでいるのかもしれない」

そう言った彼の表情は、次第に青ざめていく。明蘭は自分のことより、まずパンデミック（感染拡大）しないかを医師に尋ねたのだが、それは情報不足でわからないとのこと。田之上所長の生唾を呑む音が聞こえてきた。

「ほかに、太古のコンバート・エメラルドに触れた者はおるのかな？」

「はい。聖竜さんです」

クールに明蘭は伝えたけれど、気持ちが不安定になった。明蘭の心には、いまだ彼のやさしい残像が焼きついている。しかも医師によれば、寄生生物がコンバート・エメラルドにここまで絡みついていては「摘出手術《てきしゅつ》」が失敗するリスクが高いとのことだ。

もしこの身が愛した聖竜までも、感染してしまっていたら……！

田之上所長は、ふところちらの心を読んだかのような口ぶりで、まくし立ててくる。

「まずいな。聖竜くんが胞子を宿していたら……。今、彼は外に居るぞ！　と、とりあえずこの観測所内を緊急減圧して、実質、観測所全体の隔離処置をしよう！　聖竜くんはまだ呼び出せんのか？」

明蘭が深宇宙観測所で、とんでもない事態に陥っていることもつゆ知らず、萌《も》ゆる木々の深い山間では、聖竜が本気で呆《あき》れ、大声を張りあげていた。ローグとは一時休戦の形を取れたのだが、光香《ひかり》、いや今はドラゴン姿のフォトンと、全種族が混じったモコモコの雌獣、ジャンクミーネといえば……！　装備品のみならず、辺りに実っていた果樹を、決してお上品とは言えない手づかみで、仲良く分け合ってムシャムシャ食べているのだ。

聖竜はローグに対し、お互いを探り合い、ときに力比べまでした。なのに、このふたりはさながら「女子会」のようなピクニックの様相、丸出しだ。

「まぁまぁ聖竜、カリカリしないでよ。暗号化量子通信《あんごうかりょうしつうしん》したいんでしょう？　あたし、ちゃんとやるから」とフォトンが、果樹やチョコレートでベトベトな手を下ろしてくる。暗号化量子通信はかなり特殊なので、いつもフォトンがアンテナ代わりになってくれていた。ほんと、ドラゴンの体は〝多機能〟だ。だけど……。

「そんなベトベトの手にＡＩスマートフォンは渡せないな。もう一度、滝で洗ってこいよ！

手はキレイじゃないと」

そう、深宇宙観測所への問い合わせメッセージは入力してあったが、こんなぬるベトな手に、自分の新型スマートフォンを触らせるなんて、冗談じゃない。

「そんなの気にしなきゃいいじゃない」

聖竜とフォトンがやり合う一方、ローグの方は「神々の食べ物が、我ら未来の生き物に悪く影響したら作戦は失敗だぞ」と皮肉めいた言葉で、ジャンクミーネを叱りつけていた。毒でも入っているみたいな言い方に、聖竜はさらにカチンと来た。

それに「作戦失敗」って、どういう意味だ？

ドラゴンの血も混じっているためか、オオカミの体毛を持つやや丸っこい人型のジャンクミーネは、この場を静めるように腕を上下させ、美麗《びれい》な雌獣の笑みをみせつけてくる。ローグの強い物言いには、慣れっこみたいだった。

「まぁローグ。怒らないでよぉ。あたしもきちんと情報交換はしてたんだからぁ。さっ、ほら、お茶でも飲んで」

「……時空のトンネルは断ち切ってきたと思っていたのだが……。どうやらオレのお茶は冷めてしまうな。お客が……来やがる！」

鋭い口調で告げるローグの言葉が、戦いへのカウントダウンとなった。この言い方だと、どうやら尾行されていた相手との対決になるのだろう。

厳しい殺気は、技術屋の聖竜でも察してあまるほどに強烈だ。ローグと連れだってジャンクミーネが、珍しく黙ったまま、草地の真ん中へ歩む。紺碧《こんぺき》の空には緑色の点が瞬《またた》き、やがて、やはりドラゴンの血が混じっているとわかる四足ながら、筋骨隆々のモンスターがこちらへ向かってカタチになってきた。

「あんたたちは隠れてろ。これはオレたちの問題だからな」

「フォトンちゃん。この世界の姿にトランスフォーム（変身）して！」とはジャンクミーネの言葉だが、フォトンは人間「光香《ひかり》」になるのを、ためらっていた。

すぐさまドラゴン似の筋肉野郎と、その上にまたがる、あれは人間（？）が土砂を巻き上げ、着地する。現れた相手は全身すべてが緑色で、例外になりそうな爪も、白目の部分も、濃淡はあれど、緑一色だ。

「むふふ、あきらめの悪い奴らだな」

それが、やって来た敵対相手の第一声だった。草地に爪を食いこませ、身構えながらローグはうなる。

「ふん。ま、しょせんお前たちは、寄生生物のあやつり人形に過ぎない。ただ黙々と資源を消費するだけの存在だ」

「ほーう。資源を〝浪費〟し、宇宙環境までも破壊し尽くしたのは貴様たちだ。あきらめよ。生態系の順位は逆転するのだ。それに従うのが理にかなった生き方だろう？」

不格好な「ドラゴンライダー」にみえる敵対相手の言葉で聖竜は、理由はわからないけれど、未来世界で起きている事件の一端を見切った。今の世界では生態系、そう、食物連鎖の一番、底辺に位置するのが「植物」「細菌」などの微生物だ。

生態系は植物から草食獣、そして肉食獣から理性を備えた雑食の生き物という、ピラミッド構造になっている。簡単に言えば、それが未来世界では壊れ、いいや、逆さまになったのに違いない。微生物などがピラミッドの頂点に君臨《くんりん》し、ローグやジャンクミーネたちはその底辺へ追いやられたのだろう。

つまりは体のいい、エサにされているということ――！

しかし聖竜は思考をシールドする方法を知らない。敵対相手にどんどん記憶や知識を読みとられていく。すると、聖竜の前に立ちはだかったのは、ローグだった。おそらく、その秘めたるエネルギーの防壁で思考の流出を、食いとめてくれたのだろう。

ところが、全身緑色で体形もゆがむ敵対相手は、ローグに向けて哄笑《こうしょう》を浴びせつづける。

「むははは。そこの原始人は貴様に感謝し、そして絶望する。この惑星を破壊しに来たと知ればな。ほら、原始人、遺言はもうできているのか？」

「ウウウゥゥ。それは最終手段であって、絶対でも必然でもない！」

ローグが吠え、ゆがんだドラゴンにまたがる緑の人型へ、大口を開けて食らいついた。にぶい激突音が広がる。ブチっという音が聞こえ、触手……違う、あれは根だ。自身の根を張り、ゆがんだ筋肉ドラゴン「もどき」とつながっていたんだ！

目を見開く人型は、フルスピードで跳躍したローグの敵ではなかった。緑色の人型が根を揺らし、回転しながら草地へ落ちる。これが敵対相手の弱点なのか――？

「むは、ははは。同じ手はもう通じない。我ら全体は、現在も大いなる者の手で改良されている」

「大いなる者……だと？」

うなり声を荒げるローグ。すぐに聖竜の前面へ駆け戻ってきたローグは、淡々と言葉を並べる。

「最近はこの絡め手が通じなくなってきていた。奴らが拠点や母星でそんな改良を行っていたとはな」

「ローグ？　キミは地球の破壊について否定しなかったね。中性子の反応があったけど、惑星規模の爆薬か何かか？」

「ああ、オレもそれは否定しない。未来の世界なんて自分に関係ないと思うのなら、まずオレたちを倒せ。前面にしかエネルギーのシールドは張っていない。後ろからならオレを撲殺でも殺傷でも自由にできるようにしてある。オレのことは、好きにしてくれ！」

ローグは心も体も実に雄々しい。この自分に欠けているモノを持っている。そして、今後どうするかは未来の全容を、しっかり聞いてから決めることだ。即決することではない。

たぶん未来世界では何かが起こって、自然界が生き物たちの天敵になっている。敵たる相手は、「だから生まれた」とか、「ここまで来たメシアだ」とか、大義名分を言いそうだが、現状は単にジャマなだけだ。刺客《しきゃく》には消えてもらおう。

「むは、は。さぁどうする？　ローグ。そして原始人ども？」

「ケェケケケッ」

ギリギリ聞き取れる、ひずんだ奇声でドラゴン「もどき」が、ほくそ笑んだ。聖竜はまずローグへ「エネルギー・シールド」とやらで、敵対相手を「密封」できるか問いかけた。これは問題ない。次は、滝浴びで、戯《たわむ》れていたフォトンへの質問。なぜならフォトンは、水もガブ飲みしていたから。

「聖竜の合図で電気分解してブレスする」と二、三度、フォトンはうなずいた。準備万端になったところで、聖竜は敵対相手に一応、言い分を聞きつつも「お前らは、もはやおしまいだ」と告げた。

「なに、おしまいだとぉ？　貴様、強がるな。小さな原始人め」

今日はカチンと来ることが多い。聖竜は、はじめにフォトンへ合図を出した。途端、竜巻さながらの暴風ブレスが、敵対相手へ吹きかかった。つづけざまにローグへ「密封」の号を放つ。

「オレは、今はあんたに従うが、あんたの手下じゃないからな！」

正直になれないオオカミめ、と聖竜は心で毒づいた。直後、ローグはクォーターだからエネルギー生命体としての力は限られていると言いつつも、敵対相手を光沢のある「あぶく」そっくりに包んで「密封」する。

「ほら、これでいいんだろう？　このまま生ごみとして、運んでもらう気か？」

いちいちローグは皮肉ってくるけれど、聖竜はひと言「みてろよ」とだけ応じ、毅然とした対応をとった。

「むは、むはははは。これが何になるの……だぁぁぁぁ？」

敵対相手は最初こそ、せせら笑ったままだったが緑のドラゴン「もどき」の体や草地の人型から、根や触手がどんどん生えてきて、態度が急変した。植物は「光合成《こうごうせい》」で二酸化炭素を酸素へ変えていく。

だが酸素濃度が過剰《かじょう》な場合、「光合成」は不要でその分の力が余る。現状はフォトンが水の電気分解で作った超高濃度の酸素の中に「密封」されていた。だから仮に植物に寄生された体であっても、余った力が暴走すると、聖竜は踏《ふ》んでいたのだ。

「ぐっ、がっ、ががぁぁぁ！」

慌てふためく敵対相手は、ローグのエネルギー・シールドの「密封」を力で破ろうと、足掻《あが》いている。ここでローグの猛々しい声が飛んだ。

「ジャンクミーネ！　キミの方がエネルギー・シールドの威力は強い！　手伝ってくれ！」

「わたしね、自分の力は……、いいえ、自分の存在は災いをまねいて――」

「そんなことはない！」

ローグは突っぱねるが、果たして未来世界にも、偏見やべっ視は残っているのだろうか？

この地球宙域すべての生命体の血を受け継ぐようなジャンクミーネは、どの種族にも属せない、受け入れてもらえない孤独を味わっているのではないのか？

〇〇の血が混じっていると災いをまねく……。これは、現代世界でも根絶できていない悪習だからだ。いったい遥かなる未来世界はどうなっているのか？　聖竜の想像は膨らむばかりだった。

「ぐぐ……ぐ、こ、こんなモノはぁぁぁぁあああ！」

ちょっとの間に敵対相手は、ガツンガツンと物理的なエネルギー・シールドに、物理力で対抗し、陽光に輝く「密封」の一部にひび割れを作っていた！　成長が早すぎるせいか、力が余り、ドラゴン「もどき」と人型ともに、柳の木のごとく枝が生えたり、垂れたり、不気味な恰好になっている。

「ローグ、原始人ども。む、無駄だぁぁぁぁ！」

「……ダ、ダメか？」

無音でエネルギー・シールドに裂け目が作られたが、そこをめがけ、ふたたび竜巻さながら、フォトンの高濃度酸素のブレスが吹きつけられた。聖竜は首を傾げる。

「フォトン？」

「大丈夫、大丈夫」と、柔らかな曲線のマズルを揺らすフォトン。彼女が重ね言葉を使うときは、自分の考えに自信があるときだ。今こそフォトンを信じてみよう。そしてフォトンの考えは的中する。だが、その先のことまで気はまわっていなかった。ひとまずは……。

「む……むぅ、だ……ぁ、ぁ……」

奇声を放っていた敵対相手が突然、ゆったりとした動きになって、草地の地面へ崩れ伏した。
ド、ドドン。
脱力した雰囲気をただよわせ、草地に突っ伏したままだ。

「……」

敵は血圧でも上がりすぎたか？　いや、植物の体では関係ないはずだ。

「うふふ、ねぇ聖竜。オジギソウのこと知らないの?」

ウロコをビシッと張って、得意満面なドラゴンの笑みをうかべてくるフォトン。オジギソウはええっと、刺激を与えれば、みるみる葉を閉じていく植物だ。

加えてもう一点。「眠る」ときも葉を閉じ、しかもそれは酸素濃度が十分なときに変化する。植物系の深い深い眠りだ。

「なるほどフォトン。相手を寝かしつけたってわけか……」

「アタリ。そーゆーこと!」

ただ、この先の展開は、たぶん未来世界とは違う。ここ、現代世界ではまだ、生態系のピラミッドは逆さまになっていないのだ。ふと、見ている間に、この場が山深い密林地帯だったことを思い出した。寄生生物はカビか菌類か、それらと基本構造は同じかもしれない。だとしたら——。

ローグが俊敏《しゅんびん》に動き、ジャンクミーネを物陰まで、咥《くわ》えていくように押していった。

「勝つには勝ったが……奴らは寄生されていて特殊だから、この先は急速に……キ、キミだけは見ない方がいい」

やはりローグの口ぶりは皮肉げだ。だが、そうなのだ。現代世界では、敵対相手はいくら格好が整っていても、食物連鎖の「底辺」に位置する存在だった。

崩れ伏した敵対相手の体に、まずアリを筆頭にし雑食、肉食の昆虫たちが眠れる連中を食いちぎり、バラバラのエサとして運んでいく。草地の地面に住む菌類・バクテリアも、ちょっと展開が早いものの、同じだった。美味《うま》いのか？

動かぬ相手の体に浸透していき、内部から外部から溶ろかしだした。ぬるぬると敵対相手の体がとろけ、崩れ、原型をとどめなくなってくる。

「きゃっ！」とフォトンがマズルを背《そむ》け、これまたドでかいドラゴンらしからぬ、か細い悲鳴をあげた。急速に腐敗していくシーンを見せられているんだから、当然といえば当然だ。その点、ローグは武骨そうでいて、思いやりもちゃんと持ち合わせている。

「フォトン？　光香《ひかり》？　ローグたちの未来では、この逆が起こっているんだよ、たぶん」

聖竜は仮に敵対相手であっても、祈りを捧《ささ》げるようにつぶやいた。まさしく菌類・バクテリアは、自身の養分として一部を食し、また、残骸の一部は草木の肥料とも、養分ともなる土へと還《かえ》していく。そこには悪意も敵意もない。あるのは食う者、食われる者の関係を示す、現代世界の食物連鎖の関係だけだ。

フォトンの太い指を聖竜は掴んで引き、ローグたちが歩んでいった物陰へと導いた。ドラゴンの手と指は相変わらず、ぬるベトのままだったが、それよりも好奇心と〝怒り〟が聖竜の心でうなっている。

小岩の向こう側に居たローグは、挑戦者の顔つきで聖竜の視線から、決して目をそらさない。

聖竜は力を入れた顔を、ローグの匂いが嗅げるほどに近づけ、問いかける。

「僕たちも殺されそうになった。もう一度、単刀直入に聞くぞ。君たちは過去を変えて来世界をも、変えようとしているんだな？」

「はい、ともいいえ、とも答えられる。この先次第ってことだ」

「ローグ、キミは何者なんだ？　過去への刺客を相手にするなら、ジャンクミーネのおだやかな性格は不適格だろう？」

何を思ったか、ローグは自嘲《じちょう》気味に自身の牙を見せ、黒い鼻づらを横にゆっくり振ると、自分たちは「レジスタンス（反乱軍）だ」と唸《うな》った。

「それも、過去から帰還しなくても未来世界に、まったく影響のないレジスタンスだ。この宇宙の神から見放されている独立した特殊な存在なのさ」

「……どうしてそんな存在になったんだ？」

「ふん。たぶん宇宙の捨て子なのだろう、オレたちは」

彼らの言い分を鵜《う》呑みにすれば、ローグたちは歴史にも記録にも、この世に存在したことにならない、孤独なレジシタンスだということ。でも理由なく未来を好き勝手に変えられない！

聖竜が鋭くにらむと、ローグは青空の一点を見つめる遠い目つきをしたのち、前足を伸ばして身を伏せ、訥々《とつとつ》と未来世界について語りだした。それは、まるで自分自身の記憶を一つ一つ言葉に置き換えていくように――。

3 皮肉屋ローグが語る未来

ローグとジャンクミーネが暮らす地球宙域＝遥かなる「未来世界」では、数が減ってきた拠点を護《まも》る「人」と「ドラゴン」のハーフで、ウロコが目立つ「竜人」が夜空に昇ってきた地球を眺めていた。

モヤモヤとしたガス星雲はまだ残るものの、この高台からは宇宙が一望できる。

「ほんとに大昔、伝説の大戦なんて、あったのかな？」

この拠点は、今では考えられないが、伝説に残る太古のエネルギー生命体との戦いで創られたという恒星系《こうせいけい》の、惑星上にある。荒れた岩が多く、海こそあるものの、大気濃度は〝奴ら〟以外の生き物にとっては、ギリギリのレベルだった。仮に、旅立ったローグがしくじれば、ここも長くはもたないだろう。

遥かな未来世界に生きる「竜人」は、昇る赤茶色と緑色の「地球」を見て、そう思った。そんな竜人とペアの「人狼」と言おうか、やはり、種族がハーフの相棒が、陰気なため息をつく。

「ローグたちは無事、モルドの星へ惑星破壊ミサイルを撃ちこめたろうか？」

「モルドの星は遠いよ。地球から亜光速《あこうそく》で飛んでも数万年かかる。モルドの連中は祖先がカビなのに、どうしてワープ技術だけは使えるんだろね？」と竜人はイライラした感じでウロコを鳴らす。応じて、ダミ声の人狼が毛でモフモフした腕を大げさに組み、相槌《あいづち》を打った。

「もう奴らの色、緑しか見えないほど、地球上の生き物への寄生が進んでしまった。これをこの宇宙で繰り返してきたんだな。そして、どこぞの異文明に寄生し、その記憶からワープ技術を抜き取ったんじゃねーか？」

「だから、仕方なく、ふたりは過去に戻り、亜光速推進の惑星破壊ミサイルを撃つ。そうすりゃ数万年かかって、ちょうど、この未来世界にある寄生生物の星へ到達して……」

ここまで話した竜人が爆発を示すよう、ウロコの両手をパッと大きく広げた。もし発射できなかったり、しくじったりした場合は、ローグは起爆装置を過去の地球で使うことになっていた。あの美しかった神々の地球を、今後、そんな連中の「エサ場」にさせないため自爆するのだ。

これは、奴らに寄生され、あやつり人形にならない尊厳（プライド）の問題でもある。奴らは生き物に寄生して養分を吸い、ネットワーク網として増殖し、最終的に「脳」を侵す場合が多い。奴らが何者かに傀儡《かいらい》され、行っているのか、それはわからない。

肉体に寄生されても、すぐに死にはしない。奴らのエサがなくならないよう、生命体牧場でその数を管理され、新たなるエサが〝作られる〟、〝労働させられる〟。これはもはや、知的な文明の正常な、営《いとな》みとは言えない。

「おい！　奴らが……、モルドの寄生体がワープアウトして、……来やがったぜ」という人狼は舌なめずりする。即座にエネルギー・シールド発生システムで拠点を覆い、絶対防衛ラインとなる、この小ぶりな新惑星で迎撃態勢を整えた。

「くっ、寄生生物なんかになり下がれるかよ！　もはや意識がモルドに支配され、連中は姿が同じだろうと、仲間でも同朋《どうぼう》でもねぇや！」

苦々しく吠える竜狼。しかし奴らは、どんどん複雑化させていくネットワーク網（脳細胞のネットワークに匹敵《ひってき》する物）を使い、手口が巧妙になってくる。ここも、いつまでもつだろうか……。

「ローグ。ジャンクミーネ。あぁ、エネルギー生命体の申し子たち。どうか、どうかこの世界を――」

細かなウロコの両手を組む竜人が願う間にも、夜空には元・同じ星の仲間たちが、そして元・友達たちが、居残るレジスタンスたちへ寄生しようと、わずかなスキを伺っていた。そう、わずかだが利用できそうなスキを、抜かりなくスキャンしながら……。

第二章

光速突破と宇宙の破壊

1　破棄された技術、そして生体ミサイル

聖竜は深い山奥の、草木たちが気ままに茂る楽園で、大柄なオオカミ似の四足獣ローグの真剣な語りを聴いていた。みんなで集まるちょっとした草地には、敵対相手をとろかしたバクテリア、菌類も多く存在していた。現代ではまだ無害とはいえ、語りを聴くと、なんだか恐怖心を覚える。

多くの疑問点と同時に――。

「ローグ、大昔へタイプスリップしてミサイルを撃ち、モルドだったか？　そいつらの惑星へ数万年かかけてミサイルを届かせ、爆破する。ずいぶん気の長い話だな」

数万年規模なんて、本当に宇宙の広さを実感させられる。光の速さで宇宙を進めば、一年で約九兆四千六〇〇億キロ先に行けるのだが、それでも、たとえば地球のとなりにある恒星（太陽）まで、四年ちょっとかかってしまう。亜光速《あこうそく》は光より遅い速度だから、もっと時間がかかる。

「ミサイルの材料は？」と聖竜は、宇宙空間における距離について考えるのをやめた。

「目の前にふたりも居るぞ？　起爆装置だけは持ちこんでいる」

単調な調子でローグが言った。確かに過去、エネルギー生命体は姿を自由に変えている。恐

らくミサイルのような「物」を形作るための力に、事欠かない「ふたり」なのだろう。聖竜は食い下がった。

「金属だって数万年も寿命はもたない」

「あんたは記憶力が悪いな。オレたちは特殊だと言わなかったか？　老化を意識でコントロールさせられる、つまり遅らせられるってことだ。冬眠だったか？　そんな半眠状態になれる。これならミサイルの軌道修正は、無意識のうちに可能だ」

やはりふたりは、自らをミサイルの材料や、誘導装置代わりにするつもりだ。こんな一方的なやり取りじゃ、埒《らち》が明かない。

腕組みして頭を垂らす聖竜のとなりへ、フォトンが四肢《しし》を曲げてしゃがみこんだ。ドラゴンの流線形をした美顔を寄せ、フォトンは信じがたい会話に参加してくる。

「その……、敵対相手の言い分はあるのかしら？」

なるほど、フォトンならではの、やさしい切りこみ方だ。なにも戦うだけが脳じゃないんだから。応じて、ローグが不機嫌そうな面持ちをみせたけれど、フォトンと「お友達」になったらしいジャンクミーネが、代わりとして静々と答えてくる。ただ、そこには語りに出てきた「竜狼」たる顔立ちと言えるような笑顔はない。

「生態系の奴隷《どれい》解放と言ってたわぁ。なぜ土や腐肉を分解して再生させてやる自分たちが、高慢な連中を、より一層、高慢にふるまえるような土台とならなければならないのかって、ねぇ」

「それは戦う口実《こうじつ》に過ぎない」とローグがすぐさま突っこんだ。

それでも、まばたきしたジャンクミーネは、まるで汚いモノでも扱《あつか》うように、ペットボトル程度の大きさの、たぶん起爆装置を大地へ転がした。ＬＥＤとよく似たランプが点滅している。

「まぁねぇ、起爆装置と呼んでるけど、それ。実は……ね」

「ジャンクミーネ！」

身を起こし、鋭い調子でどなるローグ。彼がジャンクミーネの言葉をとめ、また遠い目つきになった。

「……この世に生を受けた途端、奴隷のごとく扱われ、しかも無視されるのはおかしい、と寄生された連中は言っていた。せっかくの自然環境をひたすら汚染する生命体は、不要だとな。これも宇宙侵略のための、体のいい詭弁《きべん》だな」

ローグはこう付け加えたが、聖竜とフォトンは自然と不安感にさいなまれ、お互いを見つめ合っていた。事実なら……未来の戦乱も、単なる善悪で片づけられる問題ではない。

「……」

草地がそよ風の音だけになった。先の大戦では、地球が通過した宇宙の謎めくガス星雲の力でエネルギー生命体たちは「知性」をもたらされた。ローグが語ったような方式とは違うものの、似た感じにエネルギーのネットワーク網が作られていき……死戦が起きた。

死戦の発端は、知的になったエネルギー生命体たちが電磁誘導方式で「奴隷さながらに作られ、使われ、廃棄されるエネルギーの同類」を想い、そんな仲間の解放を求め、人類やドラゴン、オオカミ似の知的な生き物たちへ牙をむいたのだから……。

またもや「知性」同士の混乱とトップ争いが、戦いの主原因かもしれない。

こんな「知性」をつかさどるのだろう謎めくガス星雲は、おそらく宇宙のあちらこちらに存在し、良くも悪くも生き物を開眼させるため、神の一撃となる役目を果たしている。不満なのは、すでに知性のある所に、ふたたび一撃を与えることだ。わざとなら、その星雲は「悪魔」の遣《つか》いそのものだ。

この先の行動に迷う聖竜とフォトンだったが、どうしたことか、起爆装置を見つめたまま、ローグもジャンクミーネも沈黙し、どちらかの生唾を呑む音が小さく響いた。これは、本当に惑星をも破壊するというモノの起爆装置なのか？

ただ、悠長《ゆうちょう》にしている場合ではなかった。敵対相手へ勝利したことへの油断と、スキだらけの時間をふたたび狙われた！

突然、辺りに七色の光が……もれ出てきたと言っていい。七色の光の渦が山間の風景をも見えなくし、閃光《せんこう》と化した直後。黒い体毛をなびかせ疾走する、線の細いオオカミ似の生き物が七色のトンネルから現れてくる。

「ふふ。それは悪魔の装置だぞ。何を打ち沈んでるんだ、お前ら。そして聖竜。空間について研究しているのは、お前だけじゃない。うぬぼれるな！」

「ま、待て！」と捨て身のダイブをする聖竜。フォトンは七色のトンネルを叩き潰そうと、ドラゴンのしなる尾を使ったが、蜃気楼《しんきろう》や幻に近いトンネルは消せない。

いきなり現れたオオカミは、バクンと起爆装置を咥《くわ》え、七色の光あふれるトンネルへターンしていく。追っつけ聖竜が盗賊オオカミを抱きとめようとしたが、ローグが腰のベルトを咥《くわ》え、強く引き戻してきた。

「もう遅い！　これは一個体用のトンネルだ！　トンネルが閉まったら、あんたの体が途中で切断されるぞ！」

「な、そんな――――！」

こつ然と七色のまばゆいトンネルは消え、辺りは元の、木々が生い茂る山間の草地へ戻った。まさしく相手は各色の異世界をつなぐ縦貫ゲートを、使ったかのようだ。しかし肝心のみんなの世界をつなぐ縦貫ゲートは、まだ完全には出来ていない。

「今の相手はワープしたのか？」

機密研究のひとつを、聖竜は思わず口にしてしまう。内心では少ししょげていた技術について。あまりの力でベルトを見事、ちぎってしまったローグへ向けて——。

「なぁ、未来世界ならワープ航行なんて、ガンガンできてると思ってた。僕も今、研究してるんだけど、結局完成しないのか、理論的にできないか、そんなところなのかな？」

「オレたちは過去の教訓と危険性に学び、ワープ技術は……遺棄《いき》した。時空間をさかのぼれたのも、我らを見守る神が起こした奇跡だ」

「教訓と危険性で遺棄だって？　どうしてそんな——」

聖竜が得意の技術論を始めようとしたとき、フォトンがドラゴンの指先で頭をコツンと引っぱたいてきた。ヒリヒリして強烈だ。これでもドラゴンなりに、加減はされているんだろうけど……。

そんな話をしている場合ではないことは、重々承知だ。だけど聖竜は〝危険性〟について手短に尋ねかける。技術者じゃないが、と前置きしたローグは、ワープ航行は宇宙空間同士を破って近道をするものだという。この説明は、合っているような、間違っているような……。

ともかくワープ航行すると、宇宙空間にどんどん亀裂を作り、運が悪ければ自分たちの住まう宇宙空間はいずれビリっと裂け、散り散りになってしまうことがわかったらしい。そう、元からワープ航行なんて宇宙空間へ対する距離の「チート行為（ズル・反則）」なのだ。

そのため、同じワープ原理を使う敵「モルド」がどんな正論をかざしても、宇宙をキズだらけにさせないため、自分たちには相手を倒す自衛権があるとのこと。ローグの説明は、一気に理解はできなかった。なにも技術を遺棄してしまうなんて――。

聖竜が呆気《あっけ》にとられていたところ、大きく意味深な咳払いが聞こえ、我に返る。

「え、えっと……あの、この件は、だ、誰も悪くないよ」

聖竜はこう言うので精一杯《せいいっぱい》だった。よくよく周囲を見れば、ジャンクミーネが泣きそうな顔つきをしていたから。逆にフォトンは怒気をあらわに、ギザギザの牙が糸を引く大口を割り、雌竜なのにキツイどやし声で食ってかかってくる。

「どうしてそう呑気《のんき》なの？　起爆装置をパクられたのよ！　あなたの研究も、それからパクった下衆《げす》なオオカミ野郎もぶっ飛ばさないと。それに……」

「まぁまぁ、そろそろキミも〝光香《ひかり》〟に戻らない？」

「それじゃ、帰りはあなただけ徒歩ね、徒歩ぉ！」

親しい間柄になり、さらにドラゴン姿のとき、フォトンの口調はちょっと汚くなることがある。とくにジャンクミーネが半泣きで、感情が高ぶったらしい〝今〟が、その典型例だ。だけどお互いに〝素〟の状態を見せ合い、認められるのが真の友といえよう。

フォトンのがなり声も、聖竜はだいぶ理解し、だいぶ慣れてきた。自分は、亭主関白には絶対なれないだろう。元々、相手はドラゴンだし……。

それはともあれ、いったん深宇宙観測所に戻るのが、得策だと思う。ローグは敵対相手以外には、尾行されていないと言い、逆に聖竜の方もここへ来ていることを、知る者は少ないと伝えた。だがゼロではない。

未来世界で創生神と呼ばれる亡き情報屋ローグは、常々「情報を制する者こそ勝利できる」と口にしていた。ちょうど七色のトンネルを分析したいと思っていたところだし、観測所には機材がある。

「フォトン？　データは収集してあるよね？」

「尾ですくい取ってやったわ。下衆なオオカミ野郎の追跡用遺伝子は奪えなかったけれど」

「じゃあ手持ちの情報のみで、なんとか下衆なオオカミ野郎を追っていこう」

ようやく落ち着いてきたか、フォトンはすまなさそうな表情をうかべている。ローグだけは「下衆なオオカミ野郎と呼ぶのは敵であれ、……やめてほしいぞ」とぶつぶつ言いながら、エネルギーの白光らしき物を放ちだした。

「オレは自称、伝説の神々以外、信用しない。だからバレないように変身させてもらう。おい聖竜よ。いらぬことを言いだしたら、ギュッと締めつけて窒息させるぞ」

「あっ、ローグ。初めて僕の名前、呼んでくれたね？」

「うっ、うるさい！」

そんなローグは、白光の中、徐々に小さく細長く姿を変えていき、最終的には弁償のつもりなのか、引きちぎられた聖竜の腰のベルトとなってスルスル巻きついてきた。こ、こんな物品にまで、体を変化させられるとは、未来では「エネルギー保存の法則」なんて、昔で言うところの地動説《ちどうせつ》みたいな扱《あつか》いなんだろう。

ジャンクミーネの方はといえば、小型で可憐《かれん》な桃色の髪飾りに変身し終えており、これならドラゴン姿のフォトンが身につけていても、人間姿の光香《ひかり》が身につけていても、違和感はない。

「さ、聖竜。みんなの準備はいいみたいよ？　聖竜は、あたしに乗って帰る？　それとも健康のため、徒歩がいい？　１００㎞マラソンになるけど」

「ごめんフォトン、悪かったってばさ」

「それ、ほんとにほんと？」

頭を垂れた聖竜は、もはや定位置となったフォトンの首元へ、彼女の腕からまたがらせてもらった。雌竜フォトンは辛抱強く待ち、しっかり掴まったのを察してくれる。そしてそのまま、広げた雅《みやび》な両翼で空気をかき込《こ》み、澄み渡《わた》る青空へと昇りつめた。

山間部の先の先にある深宇宙観測所に、フォトンは進路を定めたみたいだ。

強力なハッキング事件が起きてから、じりじりと時間だけが過ぎていく。そんな都市部郊外の高台に建つ深宇宙観測所では、壊された機器類の仮修復作業が進められていた。強力なエネルギーによるハッキングは、ローグたちが手加減せずに大昔の機械をいじくり回した行為だと知る者はいない。

もちろん、現在、クリーンな通路をあてなく歩く明蘭《めいらん》も知らない。

（残念だわ。わたくしに今、できることは、どうやらなさそうね）

所員たちは駆けまわり、熱心に作業を進めていた。技術面に疎《うと》い明蘭は、この施設全体が減圧され、外部へ空気がもれないので、自由な行動を許されている。施設が仮復旧するまでには、時間がかかりそうだし、この身に侵入した胞子《ほうし》が体中へはびこるまでの、いわば余命を明蘭は宣告されていた。

むろん死ぬのは怖い。いいえ、この世界へ何の貢献もできず〝ただ死ぬ〟のは怖い。せめて緑色が空間周波数《しゅうはすう》の故郷で「彼」に見取られてから眠りにつきたい。しかしそれは、儚《はかな》い夢だろうか……。

さすがの明蘭も沈んだ気持ちで「データ保管室」の前を通りかかった。そのときだ！　人間の姿のときでも敏感な耳が、怪しげな物色音と、不敵な独り言らしき声をとらえる。

「むふふふ、データ・マルチリーダーの前では機密もへったくれもないな」

これは保管室の中に、よからぬ者がいる証！　直感的に察した明蘭は、右腕を引いてこぶしを作った。つづけてこぶしと腕の途中までを「ライト」の姿に、そう、ドラゴンの姿にくちゅくちゅ音を立てて変えていき、次の瞬間！

バキン！

激しいパンチは、保管室を封じる合金製のドアへ打ちつけられた。どこもかしこも壊れているんだから、これくらいは何とも思われないはずだ。のんびりロック解除の操作をするより、相手の意表を突き、不審者を捕まえる方が先決だ。

「えい、やっ！」

格闘の構えをとり、明蘭はデータ保管室へ殴りこんだ。何やら黒くて居るはずのない線の細いオオカミが驚いたように跳ね上がって、こちらを見てくる。小袋を身につけ、そのリーダーとやらを咥《くわ》えていた。

「ぬ、ぬぬぅ……」

その背後には七色で虹そっくりな、まばゆい光のトンネルが輝いている。そこが出入り口だと感じた明蘭は、ドラゴンのスピードで怪しいオオカミへ突っこみ、回転蹴りをみまった。オオカミを七色のトンネルから引きはがし、脱出路から遠ざける。

「ガォォォン！」

怪しいオオカミの唸り声と、並ぶカートリッジ式の資料がぶつかった。その衝撃で資料類の崩れ落ちる音が部屋に、こだまする。相手は赤色がベースのオオカミ似の生き物。

ならば体内には、コンバート・エメラルドを備えているから、自分の中を汚染する胞子が感染してしまったかもしれない。

「とりあえずあなたを、この観測所から外へ出すわけには、いかない！」

声を張り上げた明蘭は、いったん細身のオオカミを気絶させようと、急所へ手刀を叩き込んだ。そのはずだった。だけどこの種族は体を気体化できる。叩きこんだ手刀はすっと、細身オオカミの体を通過してしまい、相手はせせら笑う。

「ぶははは。ひとりで格闘ごっこでもしておきな。あばよ」

しかし気体化するオオカミであっても、分子レベルでの接触感染は避けられないに違いない。

明蘭は七色のまばゆいトンネルの前面に、両腕を広げて立ちはだかった。

「行かせません」

だが相手は気にもしない雰囲気で、まず、持ち物が入っているのか確認するよう、小袋を咥《くわ》え、ぶん投げる。小袋は明蘭の脇《わき》を通り抜け、輝くトンネル内へ消えていった。やはり自分は気が動転している。気体化できない小袋を先に奪い取っておけばよかったのだ。遅かった。

さらに自分にはツキがない。体内の胞子らが神経へいたずらし始めたのか、明蘭の背筋に激痛が走り抜け、耐え切れず、その場に崩れ伏してしまったのだ。細身オオカミは「事情を知っている」らしく、捨て台詞まで吐いた。

「おお恐い恐い。こっちにまで寄生させようとするなんて」

「ど、……どうして、そ、それ……を？」と明蘭が力をふり絞り、役立つ情報を得ようとした。

そのとき——。

これは脳まで侵され、願望が幻聴となって聞こえているの？　いけないことだけど、心を揺さぶられる「彼」の力強い声が意識のなかでカタチとなる。

「自ら気体化するなんて、下衆なオオカミ野郎じゃなく、阿呆が手遅れなオオカミ野郎だったな。あ、痛い痛いっ、ベルトが締まっていくぅぅぅ！　お、お前のこと、ローグのことじゃないだろう！」

「貴様。ななななっ、なにをするつもりだ？」

オオカミの名残がある霧状のモノが、もやもやした声で応じてきた。すぐさま電子音とともに、天井備え付けの吸引ファンが獰猛《どうもう》に動き出した。一帯の空気はもちろん、霧状の姿をとっていたオオカミもその吸引力には、なす術《すべ》がないようだ。

「グガァァァァァァァァァ！」

あらゆる物質を浄化するフィルターの装着が、観測所や研究所などでは義務づけられている。

それも単なるフィルターからプラズマ分解機構をも使う仕組みだ。医務室で見せられたカビの胞子（ほうし）は大きかったから、粉々に分解されたのは間違いない。

万が一違っていても、この寄生の恐ろしいところは、脳のシナプスそっくりなネットワーク網が作られ、連携して働くことだ。バラバラに分断されてしまえば、ただのカビ胞子にすぎない。

いきなりのことに自失茫然（じしつぼうぜん）とする明蘭だったが、手を掴んで助け起こされそうとしたとき、ハッと我に返った。手をつなげば接触感染してしまう。ファンは稼働したままだけど、同じ場所に居たら空気感染の恐れだってある。

「聖竜さん。いけないわ！ わたくしから感染してしま……」

そう、「彼」は人の身でありながら、体内に特殊なカタチでコンバート・エメラルドを持つ。

ほかの人たちとは違い、あのオーパーツ由来のカビ胞子に感染してしまう！

でもさすが、この身が唯一、愛しく接した聖竜は、頭の切れ味が抜群だった。

前回、起きた戦いのときの「彼」の格好は、いくらフォトンの大気シールドがあるとはいえ、法的には違反行為だった。人間が宇宙空間へ出るときは、特に移動時は安全を考え、生命維持装置付きの気密宇宙服を着用すること、と定められている。「彼」は今、それを着込んでいた。

61　第二章　光速突破と宇宙の破壊

そのとなりに寄り添って立つのは、小柄な人間の姿に変わった明蘭の妹ことフォトン、いいえ今は光香《ひかり》だろうか。カビ胞子からの感染を受けないため、気密宇宙服を着込んでいるのだろう。相変わらずスマートな聖竜は、あえてそれには触れず「複雑な事情があって」と、透明アルミニュウムのヘルメット越しに、苦笑いをうかべるばかりだった。

しかしそんな表情は消えていき、不意に真顔を超えた怒りの形相へと変わっていく。そして「彼」はなんだか腰元辺りへ顔を向け、自分自身のベルトと話しているような感じとなった。勘の鋭い明蘭はすぐ、聖竜が何者かをカムフラージュさせ、連れこんだと見抜いたけれど、観察する力も考える力もそこまでだった。

「明蘭！　ライト！　事情は聞いたよ。未来のカビ胞子なんかに、負けちゃいけない！」

「新種のカビは、未来生まれだって？」とは、白衣を着た医師の、いぶかしげな言葉の反芻《はんすう》だ。騒ぎを聞きつけた所員たちも、口々に「病ってカビ胞子の仕業《しわざ》だったのか？」と、フェイク情報として伝わっていく。

「いいえ、オーパーツに付着していたカビ胞子……が、このわたくしを――」

ガクリと頭を垂れた明蘭は、聖竜に支えられたまま、冷たい床までゆっくりと崩れ、次第に意識を失っていった。

2　定まっている過去と未来

内部照明も明るくなってきた深宇宙観測所では、出来事のおおよそを田之上所長が見守っていた。今まで作業をしていたので、白衣はキレイな〝白色〟とは言いがたいが……。

現状、明蘭《めいらん》は担架《たんか》に乗せられ、医務室へ運ばれていくところだ。気転を働かせた聖竜は、なにやら自分自身と言い争うような状態で、スキだらけの様相をあらわにし、立ち尽くしている。

明蘭ことライトの妹にあたる小柄な光香《ひかり》は、完全防備の白い宇宙服を所内で着たまま、聖竜と一緒に付き添《そ》っていた。吸引ファンの音だけが、いまだ激しく響きわたる。

「……これなら大丈夫だな」と、渋い顔つきで田之上所長が小型スマートフォンを懐から取り出した。

さてさて、このふたりがどこまで情報を掴んでいるのかは、わからないが……と田之上所長は考えた。しかし気づいたこの連中が、いずれ行くことになるだろう研究施設へ、念のため、注意喚起《かんき》をしておこう。こっそり周囲を見回した田之上所長は、小声でささやくように言葉を並べていった。

「わしだ。田之上だ。君の手下はやられた。だが小袋はトンネルしてるな？　アレの管理と、……利用準備については頼んだ。残り時間は少なそうだからな。以上だ」

「今度はマイクロ・ブラックホールもたぶん、意味をなさないですよ」という聖竜は普段どおりに戻って、どうやら通話の一部を耳にしていたらしい。田之上所長はやはり手を抜かず、暗号化量子通信にしておくべきだったと思いながら、ニセの笑顔を作ってみせた。幾度《いくど》かうなずいてもみせる。

「うん、まぁそうだろうな。ときに、善は急げというだろう?」

「なにを急ぐんです? ……ところで田之上所長」

問いかけてくる聖竜の声は、宇宙服のヘルメット越しなので、くぐもり、ギリギリ聞き取れるレベルだ。そんな聖竜は、ちょっと不安そうで動悸《どうき》もしているようだ。だがこの身へ、実に哲学めいた命題を突きつけてくる。幸い……アレ等に気づいた様子はない。

「所長。未来は過去の行いにより、定まるものなんですか? それともできあがっている未来と相関関係《そうかんかんけい》を持ち、過去の世界とはすでに、どう進行するのか、決まっているんですか?」

「難題だな。仮に……、タイムトラベラーが未来から訪《おとず》れているとしたら、定まった過去が存在しなければ〝目的地〟を決められん。つまり決まった、そう、定まった過去が目的地となる」

「やはり……宇宙の法則か何かの縛りで過去は過去とし、不変な存在となっていて、ひとつの未来へ収束していくということですか？」

聖竜は技術屋として、かなり鋭い。なにせ、ありえなかった七色空間の原理原則を発見し、ドラゴンに会いたい一心だけで「獣たちの開拓者」になったのだから。確かに、自分たちがどう画策《かくさく》しようとも、それは元からそうなる定めであるのかもしれない。

気が気でない田之上所長にとっては「真偽《しんぎ》」で答えられるような甘い問いかけではなかったが、とりあえず大げさにうなずき、肯定のしぐさをとる。聖竜や、そしてきっと話すであろう光香《ひかり》ことフォトンに、そう思わせておく方が得策だと考えたからだ。

「ほら、聞いたろ？　だから無駄だって言ってるだろ！」

ふと気密ヘルメットの中で聖竜が下向き、独りで声を荒げている姿が目に入った。まるでひとり芝居のようで滑稽《こっけい》だ。田之上所長は自分自身のことはよそに、尋ねてみる。

「ん？　どうしたのかね？　まるでどこかと通信、いや、誰かと話しているみたいじゃないか」

「……え、ええっと。そうですね。じ、自分の無知さを嘆いていたんです」

しどろもどろに応じてくる聖竜は、ウソをつくのが下手だ。されど別段、気にするほどのことでもないだろう。いざとなったら、聖竜の着込んだ宇宙服の生命維持装置を遠隔操作し、〝不幸な事故〟だと葬《ほうむ》ればいいだけなのだから。

「じゃあ僕も明蘭さんが心配なので、医務室へ行ってみます」

こう告げる聖竜がこちらの計画に気付いた様相は、まったく伺《うかが》えない。研究施設の方も問題なさそうだし、自分とかわいい孫たちも未来永劫、安泰《あんたい》になるはずだ。否、手柄《てがら》は独り占めにはさせない。

世間では、聖竜ひとりが英雄視されているが、その手はずとなる「マイクロ・ブラックホール」を渡したのは我々だ。しかもうまく機能だってしているのに、完璧《かんぺき》に忘れ去られている。国からの科研費《かけんひ》（科学技術研究費）すら削られる有様だ。自分はマイクロ・ブラックホールの研究に、ほぼ一生を捧げてきたのだ。

危険性が高いため、自分は名目こそ、この観測所の所長だが、そろそろ自身も報《むく》われるときがきたっていいだろう。「うぬぼれ」にはならないはずだ。

ぎこちなく歩む聖竜の後ろ姿を見送った真顔の田之上所長は、今、自分でも気付かぬほど、自尊心から闇の方へと道を踏み外そうとしていた——。


動きの自由度を奪う気密宇宙服に逆らって、聖竜が目いっぱい歩んでいたとき、ここ、深宇宙観測所では騒ぎが起きた。突然、担架から身を跳ね上げたらしい明蘭が「脱走」したのだという。

人間の青色ベースの世界には、まだ体内にコンバート・エメラルドを持つ者は居ないけれど、そのままほかの世界へゲートで移動されたら厄介《やっかい》だ。さらにエネルギー抽出用《ちゅうしゅつよう》として、世界中でコンバート・エメラルドが使われている。

その仕事に従事する人間が万が一にも、感染しないという保証はなく、エネルギー源が汚染され、ライフラインがストップするようなことがあれば、世界中は大パニックになってしまう。

「あっ、光香《ひかり》！　何があったんだ？」

「せ、聖竜！」と彼女は、こちらへ身を寄せ、澄んだ黄色い瞳を涙でうるませていた。だけど気密宇宙服のヘルメットがジャマで、聖竜は彼女の涙を指で拭ってあげられない。

光香《ひかり》いわく、明蘭はもう自我《じが》を「カビ胞子」にコントロールされだした様子で、ドラゴンの腕にしていた部分を使い、所員たちをなぎ払い、夢遊病者そっくりに何かを求め、走り去ってしまったらしい。

「あたしね、同じドラゴン族として、とめようとしたんだけど！」

声をうわずらせている光香《ひかり》は、そんな姉の明蘭に襲われたという。もし宇宙服を破られて感染したらダメだから、姉をとめようと必死に説得したものの、危うく長いカギ爪で切り刻まれそうになったとのこと。

「……残念だ。僕もきちんと明蘭さんとは話がしたかったよ。彼女はたぶん……」

〈そうだ。歴史では悪神のメイランがモルドをここ、エサ場となる地球へ呼び寄せたとされている！　早くとめるんだ！〉と、ローグのうなる声が響く。

「だから未来ができている以上、過去は定まっているんだよ！　痛、痛たたたっ！　べ、ベルトが締まって……！　わ、わかったよ。やるだけやってみる。たぶん明蘭さんは、外の深宇宙用アンテナを使おうとしてるな？」

ローグが化けたベルトの締め上げを食らうのは、何度目か？　その点、ガサツなローグと違い、光香《ひかり》の髪飾りとなっているジャンクミーネは、少しカタチを変え、彼女の頭を励ますよう、なでなでしていた。反論しても髪をむしるなんてことは、絶対にしないだろう。

「さぁ、いくぞ！　姉さんをとめる！」

「え、ええ」

聖竜と光香《ひかり》は全力ながら、宇宙服のぎこちない歩みで、観測所の要所要所にある封鎖ハッチを緊急用パネルで開放していった。そのたび、外部から空気が流れ込み、観測所内が減圧処置されていたことがわかる。

屋外へ進む途中、不意にローグから野性の声で「武器を手にしろ」と告げられた。聖竜はまだ残るだろう明蘭の、いいやこの身を抱いたドラゴンのライトか？　そんな彼女へ訴《うった》えかけ、説得するつもりだった。

ローグは気密宇宙服を守る自衛用だと言うけれど、本心が丸見えだ。最悪な行為はしない。聖竜は、意志をもって首を真横に振る。その間にも通路を進み、とうとう太陽のまぶしい光を目にするエントランスホールまで、来てしまった。

「……がらんどうだ」

出入口は封鎖されているものの、明蘭が突き破った跡が残り、もはやこの場は屋外と同じ環境だ。風向きは観測所のアンテナ類が並ぶ敷地から郊外へ、最悪にも街の方へ吹いており、空気感染のリスクはゼロではない。

「フォトンと似たにおいがするはずだけど……」

〈においはわからんが、あそこだ！〉とベルトのローグが悪意を察知しているのか、丸くて大型の深宇宙用アンテナのそばに居る明蘭を、見つけ出した。だがすでに、美貌で色白美人だった明蘭の顔には、緑色をしたモルドの魔の斑点《はんてん》がうかびあがっている。

「あら、早かったわね。とにかく安心して。わたくしの体内の〝カビ胞子〟だったかしら？とても紳士的なのよ」

柔らかな、いつもと変わらぬ声で明蘭は伝え、つづけて両腕をハグするように広げた。背が高くスレンダーな明蘭は、満面の笑みで整ったポニーテールを揺らし、聖竜の方へ歩んでくる。

光香《ひかり》とはまた別の色香を持つ明蘭の、おしとやかなふるまいに聖竜は思わず判断を誤ってしまう。

「わたくし、あなたとは、きちんとお別れがしたかったのよ」

「……ぼ、僕もそう、かな。きちんとお別れ、……だね」

技術一筋でやってきた聖竜には、〝女性〟に対する免疫があまりにもない。明蘭が聖竜のことを「あなた」と呼び、モルドが彼女の頭にある名前の記憶を、まだ侵《おか》せていないとは気付きもしない。

ただただ聖竜は「純粋な気持ち」で、明蘭に最期《さいご》が迫っているのなら、最初に出会ったときの区切り、いいや、ケジメが必要だと、自分自身を納得させていた。聖竜は、今にもやさしく、ぎゅっと抱きしめてくれそうな明欄のもとへ、ふらふらと近づいていく。

ヘルメット越しに憮然《ぶぜん》と目を細める光香《ひかり》を、その場へ残し、聖竜がさらに歩んだその瞬間！

いきなり駆けてきた明蘭が、「想定どおり」に抱き締めてきた。

しかし、ウブな聖竜にもすぐさま、これがワナだと気づく。なぜなら、まったく加減せずに与圧された宇宙服をも抱き潰すドラゴンの力で、聖竜をはがいじめにしてくるからだ。

〈今だぞ聖竜！　オレの責任で、早く撃て！〉

ローグは焦《あせ》りの混じった言葉で伝えてくる。

「……ぐぅっ、い、息が……苦しぃ」

そのまま明蘭は万力《まんりき》さながらのパワーを見せ、この宇宙服の背筋にカギ爪のような指先を容赦なく突き刺した。あ、穴が……開いてしまった！

「や、やめてぇぇぇぇ！　姉さん！　ライト！」

光香《ひかり》の悲痛な叫び声が響く。それでも勢いはとまらない。聖竜の体そのものに、明蘭、いいや、モルドに侵された指先が触れ、皮膚をズブリと貫《つらぬ》く。慌《あわ》てて光香《ひかり》が割りこみ、やはりドラゴンたるパワーの一端で、強引に両者を引きはがすものの……手遅れだった。

聖竜の背筋の穴からは鮮血が流れ出ている。空気感染のリスクはもちろん、接触感染は確実で、聖竜は体内へカビ胞子を、……モルドを刺し入れられたに違いない。

「くそぉっ、明蘭！　また……またも僕を騙《だま》したな。前は甘やかしながら、豹変《ひょうへん》して僕を斬首《ざんしゅ》しようと、目論《もくろ》んだ！」

するとと明蘭の口から、ひどくひずんだ汚らしい声が、愉快そうに応じてきた。彼女は倒れこんだ聖竜を懸命に支える光香《ひかり》のことも、高みから見下ろしてくる。

「ふふん。我はあのときのことを知っている。同じような手に二度も陥《おちい》るほど、こいつは学習能力なしの間抜けなのだ」

「ならばあんたは、セコすぎる外道な、ちんぴらふぜいね！」

3　やさしい友と生涯不変なる愛

アンテナが並ぶ深宇宙観測所。この高台に、光香《ひかり》のきつい怒号が飛ぶ。

光香《ひかり》が妙なスラングを使い、モルドは記憶を弄《まさぐ》っているのか、それともまだ完全に明蘭へ寄生できていないのか。電源の落ちたロボットのごとく明蘭は動きをとめた。一方の聖竜は、背筋こそドラゴンの指で刺されたものの、意識ははっきりしている。

「くっ、くく。僕は……バカだ。大バカ野郎だ！　光香《ひかり》、ごめん」

「……いいえ。聖竜がそんなんじゃないってことは、あたしが一番、よく知ってるんだから、ね」

そんな当の聖竜が見て驚き、やめさせようとしたが、元の種族の差、力の差は歴然《れきぜん》だった。コンクリートの上に崩れた聖竜のとなりで、光香《ひかり》が自分のヘルメットのロックを外したのだ。

そして彼女は女神のような、明るい笑みをうかべてくる。

光香《ひかり》までも空気感染してしまう！

「あたしたちの人生は一心同体なのよ。誓ったでしょ。……忘れちゃった？」

「忘れるもんか！　僕たちは一緒に人生を添《そ》い遂《と》げるんだよ。だ、だけど――」という聖竜の言葉半ばで光香《ひかり》は、こちらのヘルメットも、これ以上なくデリケートに外してくれる。

しばらく彼女と見つめ合っていたけれど、聖竜は真の愛情を思い出し、その存在がたまらなくなった。燃えるように体が熱くなる。……光香《ひかり》！

「ん、んんぅ……あぁ、はぁ、ちゅちゅ。す、姿は違っても、んんっ。フォトンのにおい、いいにおい……」

「におい、そ、そんなに、好き？」

ぐちゅ、くちゅりくちゅ。湿り気《け》を帯びた音がこの場に広がる。気づけば愛しい光香《ひかり》と深く激しく、口づけで交《まじ》わっていた。聖竜はできうる限りの力で彼女、雌竜を弄《まさぐ》って脇から胸元に手をうごめかせた。人の姿をした雌竜は痛みのある背筋へ、圧倒的なパワーの手のひらを押しつけてくる。

「ほ、ほれで、い、いちおう……んはぁ」

彼女はどうやら止血処置をしようとしていた。さらに、かぐわしい香りのやわらかい息が、ふたりの間を幾度《いくど》も往復する。鋼鉄をも引き裂ける光香《ひかり》の腕が、聖竜の背中をいたわるようソフトに一途《いちず》に愛撫《あいぶ》し、求めるように撫《な》でまわしてきた。

体をぶつけてこすり合わせ、完全なる無防備状態を信じ、すべてをさらせる相手を弄《まさぐ》った。聖竜はいっぱいにきゅんきゅん甘え、ひとときの間、現実逃避する。

「あ、はぁあっ、んあぁ。……もっと」

求めに応じ、聖竜は彼女の肉体を、もみしだくような官能的な強い愛撫をつづけた。お互いの舌を絡め、粘り気と感触を確かめ合う。でも野性ドラゴンの要素が残り、口を自在に蹂躙《じゅうりん》し、唾液も滴《したた》る光香《ひかり》の舌は、人間より器用に動き、モゴモゴとこんなことを聖竜へ伝えてくる。

「せ、聖竜、あたしの……ん……、聖竜。独りでは……あぁはぁ、い、逝かせないんだから、ふはぁふはぁ」

（……ありがと。だ、だけど僕は、未来からの友達たちも感染させてしまったんだ！　ごめん！）

あまりに強い心の声が、ベルトのローグに、読まれたのだろうか。腰のベルトは聖竜を締め付けることも、ふたりの愛し合う行為もとめてこない。ただひと言、こう告げてきた。

〈ま、気にするな。どうせオレたちは……〉と意味深に、唸《うな》るような言葉が途切れる。

ぬくぬくとした甘美《かんび》なときは、すぐに終わった。いきなり視界が変化してきつい衝撃を食らったため、彼女の風味が残る濡れた舌から、唇をそっと離した。濃い愛情のしずくがまっすぐに伸び、ほんのりと粘っこい糸を引く。

「な、なにが――」

答えは単純明快だった。明蘭の硬いヒールに、この身はゴミさながら足蹴にされていたのだ。

明蘭は、まだこの身を殺し足りないのか？

怒りがこみ上げたとき、突然、ドラゴンの豪快な咆哮《ほうこう》を高らかにし、小柄な光香《ひかり》が上下に分かれた気密宇宙服を脱ぎ捨て、自身の姉、明蘭へ飛びかかる。

「よくもよくも、あたしの最愛の〝ひと〟に、手出ししたわね！」

「あ、あらぁ？　先に愛し合ったのは、わたくしの方よ。今回も、ねぇ」

これは明蘭の意識なのか、もはや彼女の自我は「モルド」に侵《おか》されつつあるのか、どちらかわからない。だがこの口ぶりは、……らしくない。かまわず光香《ひかり》が体を転回させ、人間の体なら、へし折れてもおかしくないレベルの強烈なひじ打ちをみまった。

ところが、にぶい打撃音しか聞こえてこない！

光香《ひかり》の動きは見切られ、明蘭はヒジが当たる部分をドラゴンのウロコへと変えていた。それでもあきらめない光香《ひかり》は、臀部《でんぶ》からドラゴンのうねる尾を伸ばす。トゲの生えた尾をフルスピードでふりかざし、目をつむって尾を、背の高い明蘭の頭へ叩きつけた。ウロコより、生えたトゲの方が硬いことを、知っているからだろう。

グシャリ！

「ええっ！」

たぶん避けると思っていたらしいた光香《ひかり》が悲鳴に近い、驚きの声をあげる。まるで、熟した果実を叩き潰すような音が、アンテナ類の立ち並ぶこの場へ広がった。風の音だけが現場を支配している。

一方、ローグが化けたベルトはしきりに〈ほらスキだらけだぞ。今、始末すれば未来は変わる！〉と、姉妹対決よりもっと最悪なことを訴えかけてきた。

「僕に、さ、殺人なんて……！」

〈バ・カ！　誰が明蘭を殺せと言った。さっきもそうだ。甘ちゃんの聖竜にそれはできないだろ。深宇宙アンテナを壊せと言ってるんだ、オレは！〉

「それなら……できる！」とは応じたものの、先ほど田之上所長と話したことを思い出す。確定した未来がある以上、過去も定まっているのではないのか？

疑念を胸に、聖竜は自衛用に手にしていたプラズマ・ガンを持ち、狙いをつけ身構えた。そして間を空けずに撃つ。

命中！

元々、高エネルギーを扱っていた深宇宙用アンテナは、それらを乱され、コントロール回路を焼かれ、暴走し始めた。目がくらむ火花を散らし、大小の爆発が起こる。アンテナにはビキビキと亀裂が走り、各種部品からアンテナ全体の崩壊がスタートした。

「や、やったのか？　やれたみたいだ！」

しかし自問自答する聖竜の目の前に、頭部が陥没《かんぼつ》した血みどろの明蘭が現れた。この状態なら、すでに死んでいてもおかしくない！　光香《ひかり》にもみえるほどガタガタと震え、聖竜自身も驚きすぎて体が硬直してしまう。まさしく目の前には「ゾンビ」が存在し、少し離れの一ビットアンテナの方へ、勝ち誇った様相で歩んでいく。

「愚か者たち、よく聞け。代替シナプス、ネットワーク網は体内に構築できている。古いネットワーク網は不要なのだ。それに〝ビット〟のシグナルだけで、ここ、新たなる場の位置は母星さまへ送信可能だ」

震える光香《ひかり》をぐっと抱き寄せた聖竜。ゆうゆうと歩む相手はシンプルな「一ビットアンテナ」を使う気だ！　先読みしたけれど、この自分も相手のおぞましい姿と宣言に恐れおののき、ローグのベルトへ助けを乞《こ》うことしかできない。

「ロ、ローグ。エネルギー・シールドを張ってくれ。ぼ、妨害するんだ、あのバケモノを！」

〈すまん。この姿では力が制限される。すでにオレは有機体《ゆうきたい》から無機物《むきぶつ》へ、なり変わっているのだからな〉

「そ、そうだね。べ、ベルトは無機物だ……」

一般に、動植物などの生き物が有機物、有機体と呼ばれ、金属やその他、物品や道具類は無機物と呼ばれるモノで作られていることが、ほとんどだ。昔話などでタヌキが茶瓶に化けているが、現実ではそうはいかない。

有機物が無機物に姿を変えるなんて、たとえるなら、水と油を混ぜるようなものだ。両者とも同じ液体に見えても根本の造りが違うから、有機物から無機物へ、そしてまた元の有機物へ姿を変えるなんてワザは、今の光香《ひかり》たちには無理なのだ。

数万年かけて変身の歴史が営《いとな》まれ、その過程でローグやジャンクミーネたちの体は「進化」し、体得したのに違いない。

気力で聖竜は起き上がり、頭の一部が吹き飛んだバケモノの明蘭を追った。だが、仕組みも操作方法も単純がゆえ、非常用通信にも使われる「一ビットアンテナ」の作動をとめられなかった。バケモノ明蘭にジャマされ、プラズマ・ガンの狙いを絞れない。

〈聖竜！　バケモノごと貫《つらぬ》くように撃て！　早く……撃ってくれ、た、たのむ！〉

腰のベルトから、最後は懇願《こんがん》するかのごとき口調で言葉が出てきた。どのみち、ひとときでもこの身を、甘えさせ、かわいがってくれた明蘭はすでに「死んでいる」。迷いを吹っ切ろうとしたところ、当人から、いつもの柔らかく、おしとやかな声色で静々と呼びかけられた。

「わたくしはフォトンがうらやましかった。聖竜さんはわたくしにとって、生涯初めて恋慕《れんぼ》した異種族だったの。そしてその心は今も変わっていないわ」

「そ、そんな。でも結局は、僕を斬首しようと追っかけまわして……」

「ごめんなさい。あれはね、わたくしだけの聖竜にしたかったのよ、きっと」

ふっと聖竜は甘いトラップから抜け出られた。目の前のバケモノが「きっと」と余計な言葉をもらしたからだ。残念ながらバケモノ明蘭は、完璧《かんぺき》にモルドにあやつられ、記憶も乗っ取られてしまった——。

「聞いてくれ！　こちらに不利な条件をつけてもいい。話し合いは無理か？」

「……なんだ、ふん。バレていたか。我々はそんな〝セコイ〟説得には応じない」

ゆがんだ汚い声に戻ったバケモノ明蘭、いいや、モルドの寄生体は告げてきた。殺されかけてからなぜか、それ以降、明蘭、いや違う、「ドラゴンのライト」の態度が変わったのは察していたけれど……。今しがたの言葉が彼女の本心だったと信じたい。

と、そのときだった！

いまだ使われるモールス信号そっくりなビープ音が、風に乗り、微《かす》かに流されてくる。モルドの説得も行動の制止も、何もかもが失敗した瞬間だった。モルドの母星さま（？）へ向け、信号は放たれた……。電波と光のスピードは同じだから、これから数万年かけ、宇宙空間を伝《でん》播《ぱ》していき、モルドの星まで情報が届くのだ。

しかし地球と原始恒星系《こうせいけい》には、電波が届くまでの数万年の猶予がある。そう、自分と光香《ひかり》がこの世から姿を消し、モルドの感染を広めさえしなければ——。あいにくローグたちの手伝いはできないかもしれないけれど……。

〈終わったな〉と珍しく物静かな、ローグの声が伝わってくる。打ちひしがれた聖竜も、ただ頭を垂らして立ち尽くすしかない。

次に聞こえてきたのは、モルドの寄生体へと侵《おか》され、頭部の中も外も失った、哀れすぎる明蘭が倒れる音、死の陰気な硬い音。

「ね、ねね、姉さん！　ライト姉さん！　返事して。そんなのいやぁぁぁぁ！　ガァァァァァ！」

声をあげて泣く光香《ひかり》が硬いコンクリートの血だまりから、姉の明蘭を抱き起こした。なりふりかまわず、涙に濡れた顔を遺体にこすりつけている。震える光香《ひかり》は、自分が殺してしまったと、思っているのかもしれない。でも、それは違う。この身とあんな会話をしている時点で、もはや明蘭は「死んで」いた。

背をさすって泣きじゃくる光香《ひかり》へ話そうとしても、彼女の気は動転していて通じない。こちらの支えや腕も、きつく振り払ってくる。気持ちは痛いほどわかるし、明蘭ことライトはドラゴンとしては初めて、この自分を抱いてくれた〝ひと〟だ。

「……冷めたようでその実は燃えていた明蘭。……ドラゴン姿もクールだったライト。まだ……、まだ死ぬのは早すぎる！」

怒りと悲しみの混じるこぶしを、聖竜も作り、うなだれる。もう少しうまく、ふるまえなかったのか？　過去は定まったものという、自身の仮説にあぐらをかき、ハナから過去は不変だと、あきらめていなかったか？

ここで姿を桃色の髪飾りと化しているジャンクミーネが、いつもの快活な声のトーンを抑え、不思議な内容の言葉を明蘭へ並べてきた。

〈エネルギーの空間に、本当のあなたのネットワーク網は保存したよ。だからあなたの自我は消滅してないの。ときは満ちていき、再会のときが必ず訪《おとず》れるから、……ね〉

「再会の……とき」

聞こえてきた内容は、聖竜にとって「輪廻転生《りんねてんせい》」を意味するように思えた。目を腫《は》らした光香《ひかり》も、慰《なぐさ》めの言葉と受け取ったみたいだ。感謝の念をささやくと、それっきり黙りこくってしまう。

この重苦しく逃げ出したい空気を塗り替えたのは、お坊さんでも聖者でもなく、深宇宙観測所の作業員たちだった。出入口の裂け目から、アンテナの故障と勘違いし、現れてきているのだ。その中には専属医師の白衣姿もあり、びっくりした様相で声を投げてくる。

「きっ、君たち！　せっかくの気密宇宙服をどうして脱いで……！」

ここで、明蘭におとずれたタイムリミットを見、察した模様《もよう》だった。聖竜の宇宙服に開けられた穴についても同じく――。聖竜は前置きせずに医師に問いかける。

「僕たちに残された時間は、どのくらいありますか？」
「多少、無害な潜伏期間はあると思う。ただ、それぞれの体力次第だろうな。いまさらだが、このカビ胞子は無機物類には感染しない。無機物上では長くも生きられない。無意味な発見だな……」

医師もまた、分析していたらしい事実を、唐突に口にしてくる。しかし、とんでもなく有益な発見だ。彼が口にした内容は現状、無機物のモノに化けているローグとジャンクミーネには、このままでいれば感染しないということを示す。この事実は闇の中の小さな光明《こうみょう》だ。

〈それでは……あまり意味はないいな〉

最初、ローグは自分自身が無事なので、喜ぶかと思っていたけれど、なんだかかなり不愉快そうな調子の声を伝えてきた。つづけて光香《ひかり》だけでも無機物に変身できないか、たずねてみたが、現代のどんな生き物も、まだそんなことができる「進化」は遂《と》げていない。

一見、今後の事態は行き詰まりかと思えた。気合で責務を果たすのなら、奪われたローグとジャンクミーネの装備品だった惑星破壊用のミサイル「起爆装置」を取り返すこと。万一の技術転用も危険だが、無差別な自爆テロに使われたら、地球には未来も何もなくなる。

だけどローグたちが現代へ来ているということは、そうならないってことか？　自分たちはモルドに感染してしまっても、まだコマを先へ進められるのか？

その手掛かりは、予期せぬところから転がりこんでくる。

「これはひどい。モルドの感染でやられたのかね？」

「！」

こう話しかけてきた田之上所長の言葉に、最大級のヒントがあった。聖竜は「モルド」という単語を使わないよう、光香《ひかり》にも注意していたからだ。未来の情報は過去で大っぴらにしない、と聖竜は決めていたのだ。あくまで「モルド」については「カビ胞子」とだけ呼んでいた。

ところが田之上所長は「モルド」との言葉を知っている。どんな所業をし、末路となるのかもきっと知っている――！　おそらく、さまざまな情報も持っているはずだ。聖竜が未来と過去の命題をたずねたとき、過去は不変だと所長が言ったのも、下手に過去を変えられ、未来に影響するのを恐れてのことかもしれない。

「……はい、そうです」

いったん聖竜は、媚《こ》びを売る従順な犬の役を演じた。すると、また、ローグのベルトがぎゅぎゅぎゅと絞めつけてくる。

〈オオカミの近種を、そんなふうに言うな〉

（別にローグをバカにしたわけじゃないだろ！　犬とオオカミも違うし！）

心で叫び返し、不審な田之上所長を見やった。白衣姿の所長は、沈痛な面持ちこそしているが……。その怪しさを裏付けるかのごとく、小うるさいローグが気転を利かせる。

〈ミサイルの「起爆装置」を我らから奪い、吸引ファンに浄化された〝奴〟と同じ臭いがする。この人間は、あの盗賊野郎と場を同じくしたことがあるはずだ〉

「……そ、そうか」と聖竜はささやき、小さくうなずいた。

自分たちに体内浸食のタイムリミットができた以上、泣きべそ顔の光香《ひかり》にも気を奮ってもらわねばならない。抱き支えるふりをし、ローグの察知したことを彼女へこっそり伝えた。

すると光香《ひかり》の方も、フェニックス・ドラゴンの嗅覚と、まばゆい七色の光の中へ尾を入れたとき、取得した地磁気の情報を、追跡用に使うと告げ、ようやく瞳からの涙がとまった。それらを活かせば「モルド」のことを知る相手か施設か、とにかく逆探知は十分できるという。

当の田之上所長は、前回の大戦時も、手慣れた感じにマイクロ・ブラックホールの準備を整えてしまった。ブラックホールや近縁にあたるワームホールの技術を理論化できれば、さまざまな方面へ応用できる。億万長者になるのは必須だ。

そんな田之上所長は禁断の言葉をまたも使い、こちらを励ますような演技を見せつけてきた。

所長は痛々しそうに辺りを眺めまわしている。

「モルドについては、わしらに任せておくんだ。国立感染症研究センターへも救援を求めた。されど君たちふたりは、コンバート・エメラルドと関わる者に近づかないように」

「わかっています。モルドは未来世界で再興するカビ胞子ですからね」

「そういうことだ。明蘭さんが手にしたオーパーツからして、太古の地球もモルドの襲来を受けた可能性が高い。君たちふたりはこれから――」

すばやく聖竜は首を横に振った。研究センターに連れこまれたら、それこそすべてが闇に葬《ほうむ》られてしまう！　無残な姿の明蘭が研究分析用に防護服姿の連中に運ばれていく。死してなお、こちらの身代わりとなり自由に行動できるよう、助けてくれた明蘭には、どんな感謝の言葉を使っても、まだ足りない。

（ありがとう。そして、さようなら。僕の大切な最初の〝ひと〟）

さらに聖竜は、先の大戦で宇宙へ去った「昔のローグ」にも、暗くなってきた空に輝く〝彼〟の原始恒星系へ向け、感謝の念を放った。

（情報屋ローグもありがとう。基本は情報を手に入れ、活用するところから始まるんだね……）

田之上所長はこちらの言葉遊びにひっかかってペラペラ話し、「未来」のことまで一部、知っている可能性が高い。そう、悲しいことに、せっかく出会った異・生命体同士なのに、生態系か物理的な力か、そんなピラミッドの頂点に立とうとする動きが、たぶんあるのだ。

つまり世界の支配者として、振《ふ》る舞《ま》いたいということ。

実際、緑色ベースのドラゴンたちの世界では、人間は奴隷ほどではなかったが、ドラゴンたちを輝けるピラミッドの頂点に立たせ、その下で働いていた。生態系のトップを狙う行為は、生き物として半ば本能的に命じられていることなのだろうか？

悩ましい問題だがローグに話しかけられ、聖竜は考えを中断させられる。

〈この時代の生き物は、常々エネルギー問題に定期的に直面するだろう？〉

「いや、それはダークマターとコンバート・エメラルドで……」

〈そうじゃない。腹ペコだろうが。飯を食え。お前さんの腹がグーグー鳴って、うるさくてかなわん！〉

つくづく皮肉な物言いをする未来からの使者、ローグだが、事実だ。最初の目的だった鉱物採集のときに居眠りはしたが、食べ物は口にしていない。しかし、この現状では光香《ひかり》の手料理も心情的に無理だ。

一分一秒が惜しいときだけど、深宇宙観測所の食堂で「最期《さいご》の晩さん」を摂《と》ろう、と聖竜は決めた。ところが、すでにモルド並みに、たちの悪い魔の手が仕組まれていた。あとで気付かされるのだが、田之上所長は時間稼ぎのため、食事に睡眠導入剤を混入させろと命じていたのだ。

「よーし、五分で食べ終えるぞ。光香《ひかり》？　フォトン〝2〟にまだ変身できるよね？　パワーも速力も段違いだから」と言った途端、光香《ひかり》に頭をコツンと一発、叩かれる。彼女に元気が戻ってきているのが、うれしい。

「だからさ、〝2〟って言うの、やめてよね。たとえばフォトン・エクセレントとかぁ」

この後、ふたりはそろって睡眠導入剤入りの食事を、口にしてしまう。すべてを平らげてから、ふたりは急な体の異変に気づき始めた――。

ここは、ローグたちの住まいだった、遥かなる未来の世界。今や、決して未来たる輝きをもたらさないエサ場となり、モルドの好き放題に荒らされた悪夢の世界。そんな地球近傍《きんぼう》のラグランジュポイントに、神の手で創られたとされる恒星系の、やはり地表の荒れた惑星が周回している。

そして、新しい惑星上にあるレジスタンスたちの拠点は、巧妙《こうみょう》に悪知恵を働かせたモルドの寄生生命体らによって、苦境に陥《おちい》っていた。真新しい特殊金属製の通路を「竜狼」は駆け下りていく。

「そ、総司令！　奴らのせいで生命維持機能が、だんだん低下してきています！」

宇宙を一望できる高台の見張り役だった「竜狼」は、誰もいない大部屋に向けて叫ぶ。モルドに狙われないよう我々の総司令は、そこに存在していても姿は見えず、カムフラージュされている。

「むうぅ。もはや惑星を急ぎ掘削《くっさく》し、マグマの地熱を利用するしか手はあるまい」

そう、モルドの寄生体らは、古い古い電子伝記に示されていた「兵糧攻め《ひょうろうぜ》」という戦法で、こちらを降伏させようとしているのだ。

単純に言えば、我々の太陽から降り注ぐエネルギーに、モルドの汚れた物理シールド・光シールド・耐熱シールドなどが張られた。取り込めるエネルギーの全要素を完璧《かんぺき》に遮断し、こちらの最低限の動力源すら枯渇《こかつ》するのを待つ戦法だった。

ふと「竜狼」のとがった耳に、別の硬い足音が響いてくる。それはペアで見張っていた竜人タニアダッキのものだった。

「敵襲です！　我々のシールドが弱ったのを見計らい、寄生体は攻撃に打って出ました！」と、竜人がわめく間にも、屋外からの爆音や、激突音が拠点の中まで響きわたってくる。モルドの寄生体に支配されてしまった連中は、ダメージを受けることも、自爆することもいとわず、こちらのシールドに突破口を開けようとしているようだ。

次の瞬間！　轟音《ごうおん》が拠点内部に響く。「竜狼」と竜人は、機器損傷の爆発で、ともに吹き飛ばされた。機器の破片が木っ端《こぱ》みじんに散る。

「ご、ぐわっ！」

「うぅっ！」

しかしまだ、我々のシステムとシールドは消失《しょうしつ》していない。痛みをこらえ「竜狼」はうなりながら、ゆっくりと身を起こしていく。

「ウウゥゥゥ」

「……な、なんだか。僕、寒い、な」

頭を金属のカベに打ちつけたのか、床に倒れ、意識朦朧《いしきもうろう》とした感じの竜人がつぶやいた。確かにエネルギー不足で拠点内部の温度は、下がってきている。ウロコだけの体と違い、ふさふさの毛を持つ「竜狼」は寒さに強い。だから散発的に爆音が聞こえるなか、いつもペアを組んでいた竜人を、竜狼は大きな体で抱き、自身の体で温めてやった。

「おい、だからって勘違いするなよ？」

「か、かん……違い？」

抱いた竜人タニアダッキの体は小刻みに震え、かなり冷え切っていた。散発的な爆音はとどまらない。拠点も大地震さながら、忌《い》まわしい衝撃音を放って大揺れする。拠点内のあちらこちらから火花が散り、小爆発が起こる。

「この分では……、掘削作業どころではないな」

これが、最期《さいご》かもしれない総司令の言葉となった。

ババババ、バリーン！

破裂音がとどろき、どこからか「全システムダウン！」との金切り声が聞こえてくる。ケガを負った竜人タニアダッキを命がけで抱く「竜狼」自身も、拠点の天井が落ち、声を出す間もなく、がれきの渦に呑み込まれていった。

（俺たちのレ、レジスタンス組織も、とうとう、お、終わりなのか？　タニアダッキ……）

ハナから覚悟はできている。だが、ついに地上まで貫通してしまった天井の合間から、何やら大きく優雅なモノが見えてきた――。

「あっ、あれは……い、いったい何だ！」

第三章

総力を結集せよ！

1 フォトン・エクセレント

大きく転じて、時間を遥かに逆戻りした過去、いわゆる〝現代世界〟の深宇宙観測所では、体の急変に対して「ふたり」が戦っていた。気を抜けば意識が飛びそうな睡魔に挑む聖竜は、いつからかこの観測所がアウェー（敵地）に変わっていたことを、遅ればせながらくみ取った。

「ど、どうして僕たちに、毒を盛らなかったんだろう？」

「きっと、ええっと、モルドを害したら、ダ、ダメなの、よ」と応じてくる光香《ひかり》も、今は人間の姿なうえ、フォトン〝2〟になり変わっても酔っ払い飛行となり、とても目的は遂げられないと思う。

〈オレがついていながら、しくったな〉

悔しそうなローグがうなるけれど、こんな大昔の、おそらく睡眠薬のにおいなんて、わからなかったはずだ。やんわりと聖竜は厳格なローグをなだめる。すると、ここでもジャンクミーネが裏方に徹し、助け船を出してくれた。

〈わたしねぇ……。体液浄化薬なら持ってきてるけど……過去の生き物にも使えるのかしらね？　大丈夫かなぁ？〉

〈よくやったジャンクミーネ！　使おう！　失敗したら、それはその時だ〉

ベルトのローグが明るい口調で伝えてきた。逆に渋い表情を作り、聖竜はたぶん頭の部分に相当するはずのベルトの、留《と》め金あたりを指でコツンとやってみる。

〈なにすんだ。痛ってーな！〉

「失敗したらその時って、いったいどういう時だよ？　あれは僕が言うセリフだろう？」

やり合う間にも、髪飾りのジャンクミーネはそこから錠剤を二つ作り出してくれていた。残念なのは、忌々《いまいま》しいモルドには効果がなく、付け加えれば「弱った病人用」の切り札らしい。もう油断できないので、聖竜と光香《ひかり》は目配せしたのち、水なしでゴクリと飲みこんだ。

薬の効果が現れるまで耐えなければ……、と考えるのは〈聖竜。それは原始人の……、い、いやいや現代人の発想だぞ〉とローグの「原始人」発言に聖竜はまた、ベルトへこぶしをぶつけることになる。ただローグの言葉は正しく、ジャンクミーネの策は的中した。

感染したモルドについての不安など、どこかへ消え去り、聖竜の心は輝かしくポジティブな思いであふれ、暗く考えるということ自体が想像もつかなくなった。明るく前向き志向で、アクティブに行動せずにはいられない。眠気ってなんだろう？

まさしく現代人に必須の要素が薬にすべて、つまっているような、ぶっちぎりの勢いだ。無性に笑いたい気分で、とびっきりなヒラメキまでも、天から脳裏《のうり》へ降りて来そうな雰囲気がする。もちろん「ハイ・テンション」なのは自分だけじゃない。

「おっほっほ！　この機会に秘蔵の〝フォトン・エクセレント〟を、食堂のみなさんへも披露してあげましょうね」

〈ええっ？　ここで？　光香《ひかり》ちゃん、ちょ、ちょっと待ってぇ！〉

〈オ、オレは何も知らんぞ。単なるベルト風情《ふぜい》だからな〉

　薬の効果が出すぎだと伝えてくるのは、未来からのふたりだけだった。さらにこの状態では、とめることもできない。

「グッ、ガァァァァア！」

ひと声うなった光香《ひかり》は、限界まで伸びきった宇宙服の丈夫な繊維をも、軽々はち切れさせる。その残骸が宙を舞い、光香《ひかり》の手足は丸太なみに大きく長くなった。間髪入れず、女性の柔肌《やわはだ》から硬質なウロコで覆われていき、筋肉が整う。

彼女の口元から鼻先はグンと前に伸びる。そこは細長く三角状にとがっており、空気を割《さ》いて進める流線型の、勇ましい竜顔へと変わった。フェニックス・ドラゴンへなり変わる胴体も、湿っぽい音を立ててどんどん膨らみ、でも雌竜らしいスマートさを残しながら、美しい不死鳥とドラゴンの中間ラインを描いた。

　聖竜の言うフォトン〝2〟の背中からは、虹のように輝かしくワイドな翼がバサリバサリと生えそろう。そんな全身は雅《みやび》に彩《いろど》られていた。

ここに今、フォトンの色香《いろか》を残す現代では唯一無二《ゆいいつむに》のフェニックス・ドラゴンが降臨した。

聖竜は少しばかり優越感にひたりつつ、辺りを見回す。これが自分の最愛な〝ひと〟。

当然のごとくフォトンは、食堂に並ぶテーブルやイスは吹っ飛ばし、観測所の分厚い天井も易々《やすやす》と、厳《いか》つい角の頭部でぶち抜いている。大小の残骸が地響きを立てて、紙くずさながらに落ちていく。この場に居合わせた所員たちは、まさかの行為に右往左往と焦った様子で逃げまどうばかりだ。

「さぁ、頃合いだ。まずは起爆装置を奪還しに行くぞ！」

「そうね！」

号令を放ち、聖竜が優美なフェニックス・ドラゴンへ向けて手を伸ばすと、その大きなウロコの手が柔らかく包みこむように、この手を指でつまむ。そのまま彼女自身の首元まで、引き上げてくれる。フォトンとの、いつものあうんの呼吸が発揮された。

〈ふーむ、なるほど〉

ローグはどこかしら感心した調子だったが、とくに声はかけなかった。首元へ聖竜がきっちり掴まると、未来のイメージを先取りしているフェニックス・ドラゴンが輝く翼を広げ、ぶち抜いた天井の割れ目から星空へと体を、幻のような昇竜と化す。

フェニックス・ドラゴン姿の光香《ひかり》ことフォトンはこれで、ローグたちがあつかっているシールド、俗な言葉で簡易バリアと、自由自在な重力コントロールが行えるようになった。だから彼女は、加速度のベクトルや慣性《かんせい》の法則に縛られず、聖竜が気づけばもう街の光が一望できる高さにまで、昇りつめていた。

「フォトン……エクセレント？　それとローグ？　逆探知はできそうかな？」

「あたし、地磁気の向きなんて目視できるわよ」

〈あぁ、オレもできるぞ。あの田之上という人間は愚か者だな。においをばら撒きながら、ヘリコプターだったか？　それで根城《ねじろ》へ移動しているようだ〉

「におい……か。僕にはフォトンの芳《かぐわ》しい、においしかしないけどね。ともあれ、ありがとう」

感謝の想いをふたりへ伝え、聖竜は行先が「マイクロ・ブラックホール」を研究していたところなら、必ずや機密情報を隠し持っていると、ふんでいた。七色空間の縦貫ゲート計画と合わせれば、もしかしたら――。

わずかな希望を胸に、聖竜は逆探知と大空の飛翔を、安心して信頼できるふたりへ任せた。これで自分は気兼ねなく、とある時空間にまつわる理論を頭でシミュレートできる。


……†††◆◆◆◆◆†††……

そう遠くなく、でも一帯は荒くれ、高く複雑な地形の岩山が、格好の隠れ蓑《みの》になる。そんな、へき地までヘリを飛ばさせたのは、ローグの予想どおり田之上所長だった。

所長は政府が管理する情報収集衛星までもあやつり、フェニックス・ドラゴンの巨体が、ここへ接近してきているのを捉えている。

「自衛部隊へのスクランブルは要請したが、時間稼ぎにしかならんだろうな」

「所長、いいえ、覇王様。ご準備だけは、されておかれた方がよいかと……」

「そうだな。奴らはこの時代のモルドについて、何も知らぬはず」

つぶやく田之上は、やっかみや嫉妬心のかたまり、そして鬼だった。自分自身が心血を注いで研究してきた「マイクロ・ブラックホール」を、単に「使った」だけで、歴史に名を遺す英雄となれた聖竜と光香《ひかり》への憎しみが、破裂しそうになっていた。

そのネガティブな思いが体内で「共生」する、現世のモルドの仕業だとは、まったく考えず――。田之上が体内に宿すモルドは、死んだ明蘭が博物館でオーパーツ化していたコンバート・エメラルドからみつけ、感染したものと基本は同じだ。

ただし、この身にコンバート・エメラルドは存在しない。そのうえオーパーツに付着していたモルドは死滅しかけており、自分が急ごしらえさせている物質を飲むことで、モルドは死から逃れた。

そのお礼というより、モルドらは大昔に失敗した「あること」を、成し遂《と》げ、確かめたいらしい。ゆえに田之上は、かつての地球で生態系のバランスを崩したパワーを、我が方へもたらす「共生関係」をモルドと築けたのだ。自分はただの平凡な人間として、人生を終えたくない。生態系破壊計画のタイミングは前倒しになったものの、ニセ英雄連中とは白黒の決着をつけてから、じっくり政府筋の人間をも陥《おとしい》れていくことになるだろう。最悪、七色空間の縦貫ゲート計画を、ま、そのゲート自体を〝ひと〟の盾としてでも——。

理不尽《りふじん》な復讐鬼と化した田之上は、聖竜が英雄とし名を遺《のこ》し「獣たちの開拓者」として未来へ伝わっている点も知らされ、怒りに拍車がかかっている。

「さあ来い、ニセ英雄どもよ。どうせモルドに殺される運命だが、わしがもっと先に地獄の底へ叩き落としてやる」

2　裏切りのバケモノが抱える魔

同じとき、夜空の高みで顔を拭う聖竜は、何かワクワクするような、ひらめきが頭へ降りてきそうな状態で、消滅させた地球の月より大きい原始恒星系が作る渦を見上げていた。途中で自衛部隊と出会ったが、なんてことはない。

「……フェニックス・ドラゴンのぶっちぎり逃げ切り勝利だったな」

「でしょでしょ？　余裕〜よね、あたし！」

そんな光香《ひかり》・フォトンの新たなる形態と言えようフェニックス・ドラゴンは、地磁気の特徴を捉えながら進んだ。空中戦は、期待して損をした。結局、皮肉屋ローグの補佐も受け、自然界の高層ビル群と思える岩山が連なる「秘境《ひきょう》」まで、あっという間に飛んできているのだから。

薬がもたらすハイ・テンションもまだ変わらない。

〈そろそろベルト姿に辟易してきたぞ。とくに聖竜のベルトであることにな〉

ふっとローグが、文句混じりの皮肉を垂れ始めた。ひと息入れるため、聖竜は「僕も、ブランド品の高級ベルトだったらよかったのになぁ」と逆に皮肉ってやった。当然、怒りをぶちまけてくるかと思いきや、ローグは神妙な調子で話しつづけてくる。

〈七色空間の道。オレたちはそう呼んでいるが、あんたはどうしてそんなモノを――〉との問いかけを聖竜は、途中でさえぎった。今後、作られる各色の空間、異世界をつなぐゲートは、数万年先も使われ、宇宙へ「遺棄《いき》した技術」だというワープのように、ダメージを与えないのか反対にたずねる。

〈むぅ。オレは物理学者じゃない。正確なところは知らんが、悪い影響が出るなんてウワサすら、聞いたことないぞ。さ、今度はオレの質問に答えろ〉

色ベースで分かれた空間をつなぐゲートの技術と、マイクロ・ブラックホールの技術は、似通っている。ブラックホールには重力が無限大になる「物理学の破たん」する場所、そう、「特異点《とくいてん》」と呼ぶ場ができるけれど、もちろんそこから影響を受けだしたら、まさしく「呑みこまれる」。

ただ、ブラックホール自体が回転していたのなら、超危険な特異点はストロー状に分布するといわれていた。

つまりブラックホールが「ちくわ」そっくりになり、その内側は安全に通れるのだ。そしてブラックホールの入口と出口を定められれば、曲がりくねった道をトボトボ歩かず、一直線に進むようなもの。近道になるどころか、ワープ技術へとつながる。

「……ゲートの技術とワームホールを組み合わせられたら、宇宙に安全な……」

〈おい、まだ、答えていないぞ、聖竜?〉

「ん? だって僕のドラゴンに会うための、ライフワークがこれだったからだよ!」といきなり、問答無用でフェニックス・ドラゴンの首筋に甘えるよう、体を擦《す》りつけ、キスの嵐を浴びせた。大きなフォトンはカッと唾液が糸を引く牙だらけの口を割り、こちらへ向け、首筋を激しく揺らした。

「なっ、なにするのよ! 聖竜のスケベ! ……ジャンクミーネちゃんに見られてるじゃないのよ!」

〈ふふっ、お前さんよ。光香《ひかり》……フォトンか。彼女は今だから「イヤ」みたいだぞ。心配するな。オレたちは起爆装置を奪取したら、恒星間ミサイルになって世を去るのだからな。別に見られようとも——〉

「……世を去る？」

そうだ。ふたりは光に近い亜光速《あこうそく》でモルドの母星まで、ミサイルを到達させ、未来世界の形勢逆転を狙い、現代までおもむいてきたのだから……。でも、本当にそれしか手はないのだろうか。あまりに……悲しい。

〈とにかく論理的に、安心してノロケろということだ〉

ローグは明るい調子でこう言うが、それが彼なりの配慮だとはわかっている。ローグとジャンクミーネのふたりは、過酷《かこく》な未来を救うためにタイムトラベルを敢行《かんこう》した。明蘭の例もある。過去とは未来の存在で定められしものならば、肝心の未来はどうなんだろう？

着替える時間はなかったから、私服でちょっと汚れているけれど、聖竜はポケット内の簡易合成装置に「サイコロ」を作らせた。

「なぁローグ。これ、手の中で転がすから、上になってる点の数を当ててみて」

返事を待たず、聖竜はサイコロを転がした。うなずいて答えをうながすと〈3だ〉と、つまらなそうな答えがあった。

しかし手を開くと、サイコロの目は6だった。

こんなサイコロには6とおりの未来があり、しかもローグの言葉、そう、「過去の定め」に未来は従わなかった。

これが意味するのは、過去こそ定まったり、過ぎ去ったりしてしまっているが、未来は定められていない。大なり小なり変化させられるということだ。つまりは、未来へのチャレンジを捨てた者には、あきらめた未来しかやって来ない時空の仕組みなのかもしれない。

〈ここだ!〉

「さあ着いたわよ」

ローグとフォトンがハモるよう同時に、荒れた灰色の岩山で、大きな一枚岩を示した。悪あがきの光学迷彩でも、施《ほどこ》しているに違いない。要するに岩肌の画像を投影して見た目をわからなくし、隠れているのだ。

こう考えた直後だった!

体の中で静電気に触れたときさながらの痛みが走り、聖竜は殴られたあとのごとく前のめりに身を折った。次におとずれてきたのが重力の変動だ。どうやらフォトンも痛みで、自身を見失ったらしい。……感染したモルドの仕業だろう。

フェニックス・ドラゴンの優雅な飛行が乱れた、そのとき!

平たくそびえる岩肌から、兵器クラスと思われる青いレーザー光線の一斉射撃が始まった。密集して襲い来るレーザー。目視するだけで網膜《もうまく》が焼けただれると思い、聖竜は目を伏せる。

パパパパ、パキンパキーン！

硬質な甲高い音だけが耳に飛びこんできた。いつの間にか張られていた、恐らく未来のシールドがレーザーのすべてを食いとめる。モルドからの影響も遮断されたのか、体内の痛みもおさまってきた。フォトンは原始恒星系《こうせいけい》が煌々《こうこう》と夜の暗がりを照らすなか、岩山の間を周回し、姿勢を立て直していく。

「よくもやったわね！　お返しするわよ！」

基本、フォトンは直情タイプだ。唾液に燃料を混ぜたらしく、彼女は打ちつけた牙同士の火花で炎のブレスを作り出した。すぐさま岩カベに向けて噴きつけられる。光香《ひかり》は人間姿のときも、一部、ドラゴンの能力は使えると言っていた。今後「キス」する際には、スリリングになりそうだ。その直後。

岩山だらけのへき地に、爆音がとどろいた！

炎のブレスは岩カベに直撃、岩肌の一部を崩し落とす。次に猛烈な煙と、人工的なアラーム音が鳴り響く。やはりここが敵地に違いない。そんな喧騒《けんそう》を突き、何か光を放つ巨大なモノが現れてきた。

その光のせいで、へき地の深い山奥は、不自然なほどに明るい。そんな輝く巨人が、腕と思われる部分を、こちらへ突きつけてくる。

「むふふふ、聖竜、光香《ひかり》よ。わしは逃げも隠れもせん。しょせんはぜい弱な、この時代の人間風情《ふぜい》のシステムなど、期待すらしておらんかったわい」

「なっ――」

こちらを「痛み」で弱らせ、混乱させておきながら、よく言ったもんだ。目の前では、カベを塗り替えるように、光学迷彩が機能しなくなり始めた。こちらのブレス攻撃の方が、威力が上だったということだ。

高い岩山を、掘削《くっさく》して作られたらしい黒塗りの不気味で不吉な建物が、次第に姿をあらわにしてくる。さらに、そのサイズに十分匹敵する得体の知れない巨人が、七色の光彩《こうさい》をまとう格好で立ちはだかっていた。相手は七色のモヤモヤした影（？）みたいな存在で、顔立ちや手足の細部は、よくわからない！

「ニセ英雄のふたり。遺言はあるか？」

いきなり問いかけてくるバケモノ。だが声色から、その七色の巨人が誰なのか見抜けた。相手は田之上所長、今は七色の衣をまとうバケモノ巨人だ。しかも先ほどの痛みの誘発からし、モルドとグルになって何か画策《かくさく》している！

「伝言ならある！　モルドはこの僕が死滅させてみせると、伝えてくれ！」

「ほぉ。死滅とはな。自然界の生態系を破壊してもかね？　土台がなければ生態系のピラミッドも、傾いて砂に埋もれていくだけだ」

直感的に聖竜は、巨人のバケモノが攻撃してくると察した。そして一心同体という言葉に、聖竜は不覚にも酔いしれる。

〈制限はあるが対面のシールドは張ったままだぞ！　おい聖竜、存分に挑め！〉

〈フォトンちゃん。ちょびっとだけどね、……わたしのエネルギーを分けてあげるからぁ〉

ローグやジャンクミーネとも、ようやく阿吽《あうん》の呼吸で動ける関係にまで、信頼関係を作れた——。だが仮に相手がモルドを宿していても「理性」を持つのなら、肉弾戦は避けたい。

「田之上……いいやバケモノ巨人。お前は生態系を主従の関係だと勘違いしている！　それに、そこまで大きく膨《ふく》れ上がれたのは、モルドの力を使ったんだな？」

どやした瞬間、バケモノ巨人が消えた！　違う。フェニックス・ドラゴンの背後へ、まさしく瞬間移動していた。すぐさま優美な飾り羽をむしりながら、十字架にでも張り付けるよう、両方の翼を汚《けが》らわしい手で掴み、引きちぎらんばかりに広げた。

「ふん。こいつはまるで汚い蛾《が》そっくりだ」

「くぅっ……な、なんですって！」

顔をゆがめるフォトンの、もがきも、重力コントロールも、バケモノ巨人には通じないみたいだった。元々、現代の人間は重力をあやつれないはずだ。ただ非情にも、ときに勝敗とは一瞬で決まるもの。バケモノ巨人がちょいと気を変えれば、フェニックス・ドラゴンは体を引き裂かれる——。

「お前に知性はあっても、肝心の理性はなかったな」

「どういうことだ？　わしはニセ英雄のデータから、実験研究を完成させている」

「そんなこと、誰にだってできるぞ。理性とは、強大な力を持っていても、それをやさしく、有益に自ら活かせ、信用のおける真心を示すものなんだからな」

こう堂々と告げ、聖竜は進化したローグならわかるかもしれない、真心のありかを尋ねた。物品は定かではないけれど、どんな動植物にも魂は宿っている。そして聖竜は、魂こそ真心だと考えていた。

モルドだって一枚岩ではなく、さらには現代の微生物やバクテリア、菌類など生態系の力強い土台となってくれている「仲間」たちは、きっと理性を備えている。今は単に傀儡《かいらい》され、言いなりとなって、バケモノ巨人の体の一部になっているだけだ。

それを、変に知恵がついている分、田之上ことバケモノ巨人は、自分がこの人間世界の奴隷《どれい》で、単なる主従の歯車にしばられた身だと勘違いしている。仮にそうでもそんなもの、その気

になれば誰だって、いくつになったって、いくらでも変えられるのに――！

〈わたしもそう思うなぁ、聖竜さん。わたしねぇ、みんなへ話しかけてみるねぇ〉

これは以心伝心。〝友〟なら誰もが持つ、シンプルながら強い能力だ。七色のバケモノ巨人は心がモルドに毒されてしまったのか、フェニックス・ドラゴンの美しい翼を変形するほど両側へ引き、フォトンの苦痛にゆがむ顔を見て、楽しそうに……あざ笑っている！

「外道のくそったれデカブツめ！　僕のフォトンを……許さないぞ！」

〈待て聖竜！　「仲間」は信じるものだろ。ジャンクミーネはああ見えて、計り知れない力、ええっと、あんたがあつかう物理的な力じゃないぞ。謎に満ちた力を発揮できる特殊能力者なんだ。人間の聖竜に何ができるという？〉

「で、でも……、さ！」

フォトンはバケモノ巨人に、宙空《ちゅうくう》で見えない十字架のごとき姿にされ、もてあそばれ、さぞ痛かろう、辛かろう。だけど大きな彼女は決して悲鳴も、助けの声も上げず、敗者の顔つきさえ、まったくうかべていない。

歯を食いしばる聖竜も心を鬼にして、奴が盗んだと言った研究、とくに七色の輝きと、バケモノ巨人の汚い手にメジャー状の探査プローブを突き当て、情報収集に徹した。原始恒星系の一部になった情報屋のローグには、いくど情報の重要性を説《と》かれたことか。

しかしバケモノ巨人は、……大切な「理性」を見失った相手は，冷たい雰囲気をかもし出した。フォトンという「おもちゃ」に無視され、子供そっくりに地団太《じだんだ》を踏んで怒る。自らが取りこんだモルドのシナプス・ネットワーク網がまだ幼稚なのかもしれない。

そのことに、あわれな田之上のバケモノ巨人は気づかず、自分もモルドに主従の関係を強《し》いたことを「認識」すらしていない。本物の愚か者だ。そんなバケモノ巨人が焦《じ》れたのか、こちらを猛烈に揺さぶってくる。もはやフェニックス・ドラゴンの翼は、衝撃に耐えられない！

「おいどうした？　わしに命乞《ご》いして少しは楽しませろ！　マイクロ・ブラックホールの研究結果を盗んだこと、謝罪しろ！」

「……どうも申し訳ございません」

聖竜は頭を垂らし、残りの面々はその謝罪発言に驚いた気配を漂わせた。激しく揺さぶられるなか、聖竜は独り笑みを作った。謝罪したから、これで正面切って研究結果やデータを使えるわけだ。元から盗んではいないけれど、今後の使用許可をとったようなものだ。

ただ、極秘裏にブラックホールや、関連するワームホールの研究が、「元」田之上所長主導で進められていたとは、予想すらしていなかった。先の大戦であつかい慣れていて、手はずがよかったのも、うなずける。と、不意に、バケモノ巨人が鼓膜を破るレベルの声で、どなった。

「つまらん！　ニセ英雄どもは今すぐ死ね！」

「ガァッ、ウグァァ！」

初めてフォトンが苦しげにうめいた。それほどの力でバケモノ巨人は、フェニックス・ドラゴンをグシャグシャに握りしめ、シルエットのような腕を振り上げる。間髪入れず、岩肌がむき出しの大地へ向け、フォトンをすごい速さで叩きつけた。

（僕は死ぬ。フォトンも死ぬ――――！）

張られているシールドは硬質な音を立てていたから、弾力性は期待できない。中途半端なところで、一巻《いっかん》の終わりだ。硬い大地は自分たちを、木《こ》っ端《ぱ》みじんにするはずだから。そのとおり、フォトンは大きく厳《いか》つい肩付近から、直下の岩盤へめりこんでいく……。

「！」

「な、ななっ、なにぃっ？」

驚きの声を発したのは聖竜でもフォトンでもなく、叩きつけるために動かした腕を揺らすバケモノ巨人だった。そう。硬くて致命傷になるはずの岩盤が、まるで羽毛布団のごとく、ふんわりやさしくフェニックス・ドラゴンの体を受け止めたのだ！

〈はぁっ、はぁっ。み、みんな、わぁ、わかって、くれたわよぉ～〉

これは、力《りき》みが激しいジャンクミーネからの言葉だ。きっと彼女は自身の特殊な力を使って、「土台」たちとやり取りしてくれていた！　そして微細ながら生態系の立派な土台たちが、ほこりを持って知識だけではない「理性」を働かせてくれた結果に違いない。

「この場の仲間たちはどんな反応だった？」

ノーダメージなフォトンと一緒に、羽毛布団の感触を味わう聖竜は、不思議なジャンクミーネへたずねかけてみた。すると柔和な声で、やはり不思議な答えが返ってくる。

〈あのねぇ。初めて仕事の成果を認めてもらえてぇ、うれしいって、……ね〉

「仕事の……成果、か。ありがとう、ありがとう、みんな！」

ジャンクミーネの潜在能力は、計り知れない。まさかこの場にも大量に存在する微生物類を「口説《くど》く」なんて！　聖竜は急ごしらえされた、柔らかい腐葉土と化した大地を見つめる。感謝の気持ちいっぱいに――。

微生物やミクロな植物も、寿命が尽きれば、この「布団」さながらの腐葉土へと変わっていく。そんな腐葉土が自分たちみたいに傷つけずに、植物のタネを受けとめ、発芽をうながす。植物が茂ってくれれば、昆虫も含めた草食動物たちが活動できる環境になるのだ。

草食動物の寿命が尽きれば、やはり生態系の土台たる微生物が迎え入れる。その体を養分に分解していき、肥《こ》えた大地を生むためのリサイクルが繰り返され、生態系の上位に位置する生き物は、恩恵《おんけい》を受けられる仕組みだ。まさしくこれらは土台が行う「仕事の成果」だろう。

「こ、このわしに、逆らうのかぁぁぁぁ！　元に戻れぇぇぇぇ！」

七色の人型をした光が、自分の頭を抱えるような格好で暴れまくっている。フォトンが身を

ねじり、立て直した姿勢から目をこらせば、バケモノ巨人の体から、ホタルの大群さながら輝

く光の粒がどんどん離れ去っていた。

おそらくひととき「モルド」に傀儡化された微生物たちだ。こんなところに未来の「モルド」

の弱点か秘密が隠れていそうだし、現代の生き物の方がいろいろと、しぶといのかもしれない。

フォトンは思い立ったように、ひきちぎられかけた雅な両翼を仰ぎ、生き物の温かみと香り

のする風を送っている。おかげで微生物たちが風に乗って、ますます楽に分離していけるよう

になった。もはやバケモノ巨人に出現時の輝きはない。

「やっ、やめろぉぉぉぉぉぉぉぉ！　わしはただ、歴史に名前を遺して……。よ、よもや、う、

裏切って、こ、このわしをぉぉぉ……」

その声はフェードアウトしていき、実にあっけない幕切れとなった。暴れてもだえるバケモ

ノ巨人の七色の光は薄れ、姿もみるみる小さくなっていく。致命的なモルドに自ら感染した人

間など、放っておけばいい。この敗北でモルドも、ちっぽけなバケモノ風情を見限るに決まっ

ている。

というより、最初からこんな「巨悪」を現代のモルドは、封じようとしていたのかもしれな

い。モルドの性質とはいったい全体——。

114

辺りは暗くなっていき、とうとうバケモノは、微生物にさえ見捨てられ、消滅した。

「来た来た、宝の山が。フォトン、また分析、急ぎで頼む」とハイ・テンションな聖竜に対し、フェニックス・ドラゴンは自分自身を見回し「はいはい。わかったわかった。だけどこの姿で？」と苦笑いしながら応じてくる。

「そうだよ？」

さもあらんとしていると、吹きあがる間欠泉《かんけつせん》のごとく、貴重な情報が聖竜のＡＩタブレットに流れこんできた。

「なるほどね。バケモノ巨人はこちらの背後へワープしてる。下衆で下品で臭《くさ》い盗賊オオカミクソ野郎も、この技術を使ったんだろう。元々、色の空間をトンネルすること自体、ワープと等しいからな。僕の方が研究成果のパクられ方はひどいぞ！」

〈おいっ！〉と久々、ローグの化けたベルトが勢いよく、この身を締めあげてきた。うなり声そっくりの、ドスの利いた声が伝わってくる。

〈どうにも聞き捨てならんな。どさくさ紛《まぎ》れにオオカミ族のこと、メチャクチャに言わなかったか？〉

「だからローグのことじゃないってば！　それより、ほらっ、ほらっ、あれ！」

〈あん？〉

明るい夜空の下、ベルトの締めあげに耐えながら聖竜は、ちょっと先でペットボトル形状をし、LEDランプみたいな光の点滅をさせる目的の物をみつけ、手で拾おうとした。途端、容赦なく猛烈にうごめいたローグ製ベルトが聖竜を、後ろへ引き倒す。

ここまでするとは、……らしくない。起爆装置とは、それほど危ない代物《しろもの》なのか。ここで聖竜とフォトンは、ローグから真相を聞かされることになる。「起爆装置」とは、ローグとジャンクミーネ間の通称コード（暗号）だったということを――。

〈待て！　起爆装置は傷つき液漏れしている！　液に触れたら……死ぬぞ！〉

「え、死ぬ？　あの装置は、爆薬か何かの導火線じゃないのか？」

〈違う。オレたちが目的地で安楽死するための、毒薬を自動投入する装置……だ〉

ハッと息を呑み、聖竜は大きなフォトンとお互いに顔をみつめ、一緒になって首を横に振った。モルドの惑星をミサイルで破壊する。ここまでは未来のモルドの蛮行《ばんこう》を考えると、黙認するしかない。

ただしふたりは、過去の地球上で起きたという人間同士の忌《い》まわしい世界大戦，そのとき決行された戦術もクソもない「特攻隊員」だったのだ！　勘ぐれば万一、爆破にしくじり、生き残ったとしても、モルドに体を侵されず、尊厳《そんげん》を保つための対策なんだろう。

戦いとは非情で、せっかくふたりは「無機物」や「有機物」の変身すらできるよう、体が進化しているのに、この分だと単なるミサイルなんかへ、なり変わってしまうのも、このふたり。せっかくの知性を持つ、大切なふたり――。ふたりは「無機物」のミサイルへ体を変え、相手の総本山を爆破しに行く……。しかも亜光速で数万年もかけ……。そんなの無理無茶無謀の塊だ。

〈我々にとっては、たいした事でも時間でもない。亜光速で飛ぶからな。時間の流れ方が変わる。我々はそんなに長く「体感」はしない〉

「逆に、何を体感することになると思う？　当ててやろうか。それは不安や恐れだ！」

激高して聖竜はどなりつけたけれど、実は自分自身でも気づいていないエゴに、内面が支配されていた。新しくできた友達をむざむざ死なせに、特攻させられないというエゴに……。口は悪いもののローグと、そして不思議っ子なジャンクミーネとも失ってしまうなんて……そんなのイヤだ！

「ジャンクミーネちゃんは、これでいいって考えてるの？」

フォトンもドラゴンの顔立ちを、威厳《いげん》も何も、かなぐり捨ててゆがませ、悲嘆にくれている。

声のトーンは普段と違い、かなり高ぶっていた。

〈うん。微生物ちゃんですら、生まれ持った仕事について、わかってたよぉ。わたしも自分に与えられた仕事は、ちゃーんとわかってるのよ〉

「押しつけられた仕事の間違いだろう！　それに死にに行くのは、仕事とはまったく違う！」

　聖竜の温和な性格も、友達への悲しさと腹立たしさが入り乱れ、それこそ爆発していた。だがフォトンは哲学的な考えにも精通しており、こんな窮地《きゅうち》がわずかな光明《こうみょう》を呼ぶという経験則に、期待しているみたいだった。

「聖竜、これは時空間を巻きこんだ一休さんよ」

「トンチの一休さん？　僕にスキンヘッドは、たぶん似合わない」

「バカっ！」

　それでも大きく澄んだフォトンの黄色い瞳が聖竜を、期待を込めた雰囲気でみつめていた。仕方ない。もう一度、気合を入れて頭をひねってみよう。

　まず、ローグたちの未来世界では「モルド」に一方的にやられ、戦いのカタチにすら、持ちこめていない。殴り合いから銃撃戦、あげく惑星の破壊や特攻劇なんてエスカレートしていくから、戦いは大嫌いなんだ。みんなが「理性」を失う戦いだ。

　だけどモルドには、育っていけば知性が生まれる。その知性が地球や原始恒星系《こうせいけい》の仲間たちを、能力が下だと判断したから「エサ場にする」なんて発想がなされているのか？　せめてモルドが苦戦するくらいに、仲間たちが力を備えれば「話術で論理的にモルドを論破《ろんぱ》」できるかもしれない。そのためには……！

「ローグ、ジャンクミーネ。ふたりの助けがまた必要になったよ」

〈またか？　もう助けてやっただろ？〉とは普段の調子に戻ったローグの反応。ジャンクミーネの方は、まだほかにも「自分に仕事」があるのかと、快活な声で問いかけてくる。聖竜には笑顔のジャンクミーネが飛び跳ね、よろこぶような姿が桃色の髪飾りから想像できた。

「黒塗りの建物、おそらく研究施設かな。そこへハッキングして情報を漏洩《ろうえい》させてほしい」

こう告げた聖竜は「深宇宙観測所でやったらしいじゃないか」と肩をすくめ、付け加えた。

どうにもこの名を口にすると、明蘭の無残な死が思い出されてしまう。同時に、ミラクルを引き起こしたジャンクミーネが「明蘭の自我を」と口走っていたのも、記憶に残っていた。

〈おい聖竜よ。惚《ほ》けた顔をしてるが準備はいいのか？〉

「苦悩《くのう》するアルキメデスの表情とでも言ってくれよな。大丈夫。主メモリ装置はフォトンにつないだから――」

ローグへ伝えた途端、フォトンが驚きと怒りの混じった顔つきで牙をむき、抗議してきた。

フェニックス・ドラゴンの体はドでかいから、その多くの細胞を一時的にメモリ（記録の保存場所）として使おうとしたのだ。ドラゴンの体は強いから、多少の過電流でもオーバーロード（焼け落ちる）する可能性は低い。

「これ、前回の大戦で、あたしに水を浴びせたときと、同じパターンじゃない！　またあたしを実験材料に見立てて！」

〈ふん。ドラゴンの大きさは認めるがな。本当は大昔の、ええっと、真空管を使った機械みたいな性能じゃないだろうな？〉と、真顔で言い切るローグの皮肉も、ここまでくると、もはや清々《すがすが》しい。

「まー！　ふたりとも失礼しちゃう！」

フォトンはローグへ向けてドラゴンの大口を割って脅し、今にもこの身ごとベルトを丸呑みしそうな勢いだ。ともかくジャンクミーネが間に割って入り、事なきを得る。

「フォトンの気が変わらないうちに、やってくれ！」

〈ったく〉

聖竜の合図と同じくし、姿こそベルトと髪飾りだが、現代の、そう、原始時代の技術を破るなんて、未来からのふたりには、制限がかかっていても余裕らしい。そして突如、研究施設の甲高い音が静けさをつらぬいた！

黒塗りの建物、すべての窓ガラスが粉砕し、大雨さながらに降り注ぐ。つづけて炎が見え隠れし始めた。怪しい連中はもろ手を挙げ、山道へと我先に逃げ出していく。情報の収集、いいやハッキングは実にスムーズだ。だけど耳慣れない音が聞こえてくる。

「うー。はぁっ、はぁっ！」

つづけてガキンと硬質な衝突音がこだました。気丈《きじょう》にも平然とした面持ちをしているけれど、全部フォトンからの音だった。フェニックス・ドラゴンですら、情報量の多さか何かで呼吸を荒く乱している。

「まだイケルか？　フォトン〝2〟？」

「だ、だから……はぁっ、はっ。〝2〟は、や、やめっ」

気を紛《まぎ》らわしてもらおうと、聖竜はあえてこの呼び名を使った。それでも大きな口の彼女の息が辺りの気温さえ、温かくしていく。彼女の限界は近いだろう。

辺りにただよう、ドラゴン固有の野性的なにおいまでは、フォトンも隠しきれていない。これって変態の「証」なのかもしれないが、この野性臭、フォトンの香りを嗅《か》いでいると、聖竜は心が落ち着き、論理的な思考力が高まるのだ。

ローグには絶対、悟られないように気をつけよう。と、またガキンと音が聞こえ、フォトンが歯を食いしばり、少しの唾液とともに衝突の火花を散らしていた。唾液の音は粘っこい。

「……七色空間のトンネルは光そのものだった。果たして未来のみんなが遺棄《いき》したというワープ技術は、これと同じモノだろうか？」

〈聖竜、あんた、まさか……〉

「だよ？」

勘の鋭いローグの考えたとおりだ。現在、聖竜は捨てたという技術のカケラを集めている最中なのだから。うなずくと、珍しくローグが声を高ぶらせ、脅すような調子で語ってきた。

〈ならば少し見せてやろう。危険なワープ技術を。なかなか遺棄《いき》しなかった結果を、な！〉

この直後、聖竜の体に電気的刺激が走り抜け、やがて意識朦朧《いしきもうろう》となっていった……。

3 破滅した文明・地球・生命体

う、うーん。意識朦朧《いしきもうろう》状態もつかの間、すぐに目覚めた聖竜は、まさしく無重力で多くの星々が瞬《また》く、宇宙空間を浮遊していた！

その宇宙空間は未来のものらしく、原始恒星系は誕生時の明るさを失い、鈍《にぶ》く光るガス星雲を散り散りに渦巻かせている。しかし聖竜が驚き、目を見張ったのは、小惑星地帯を凝縮したように、岩塊《がんかい》や小惑星が圧倒的多数、浮かび、ただよっていることだ。

〈ローグ？　こ、ここはいったい？〉

〈すぐにわかるだろう〉

そして顔を動かした先に、緑色、たぶんモルドの色と土気色の部分をむき出しに、穴や荒くれたクレーター、ひび割れや欠損が多いボロボロの星をみつける。そのかたわらに、漆黒のイナズマを思わす裂け目があり、ただよう岩つぶてを気ままに吸いこみ、途中で潰していた！

物静かな、ローグの声が脳裏《のうり》に割りこんでくる。

〈ワープの多用で地球近傍《きんぼう》の宇宙空間が裂けた。その影響で地球は大気の多くを失い、星としてはもはや機能しなくなった。今の環境では、大型の生き物を育《はぐく》むことさえ、できない……〉

〈……これがワープを多用してモルドにいじられ、穴ぼこだらけの……死んだ地球の姿、……か〉

青く輝く水の惑星だった面影はない。何せ海もほとんど見当たらない！　目を覆いたくなる光景だ。だが幻惑《げんわく》の映像は消せず、もしモルドの連中がこんなにも危険なワープ技術を使いつづければ、宇宙の裂け目は地球だけの問題ではなくなる！

「エサ場」とされる宙域すべてに裂け目ができ、宇宙は傷だらけになっていく。現代の理論ではわかっていないが、あちこちが裂けた宇宙空間は、穴の開いた風船のごとくしぼんでいくか、再びインフレーション（大爆発）を起こし破裂するか……どちらかだと言われている。

わずかな希望をみつけようと、聖竜は必死になっていた。

「あれは……小惑星とちょっと違う、ぞ」

栄華《えいが》を極めたのだろう大昔の残骸か。超大型の円周柱をし、離発着口を複数持つ、巨大宇宙ステーションらしき、さび色で崩れかけの物体が、ゆっくり回転しながら、ただただ、さ迷っていた。も、もうやめてくれ――!

◆◆◆◆◆

心で叫ぶ聖竜。突然の出来事に、メンタル面が準備不足だった。口を手で押さえ、聖竜が嘔吐感と戦いだしたとき、パッと世界が切り変わる。ここは元居た現代世界だ。自分はローグに幻覚をみせられていた?

〈どうだった聖竜? オレたちがワープ技術を遺棄した理由がわかったろう〉

「じゅ、十分わかったよ」

安堵《あんど》の息を大きく吐き、聖竜はこう答えたものの、むざむざ友達ふたりをミサイルとして、特攻させる気はないし、モルドも使う危険なワープ技術を野放しにしておくつもりもない。ここから先は、前回学んだ「開拓者」たるスピリットを発揮させるまでだ。

〈ん? オレたちを救おうなんて、考えなくていい。未来が定めた過去なんだからな〉

「じゃあどうして、僕たちと出会う過去なんだ?」

ひととき黙りこくったローグは〈神々に……〉と答えかけて言葉をとめた。内心ではローグもきっと、未知なる力で悪夢の未来へつづく過去を、変えてほしいと願っているんだ。

たとえ原始恒星系《こうせいけい》を創るキッカケになったとしても、自分は単なる人間風情《ふぜい》に過ぎない。ただ本物の神、宇宙の創世神が残した「神の方程式」を活用したり組み合わせたり、信じがたい物理現象をも、無断で便乗《びんじょう》して使うセコイことくらいはできる。

「フォトン、具合はどう？」

「まったくもう。取ってつけたように……。あたしは今、頑健なフェニックス・ドラゴンよ。具合なんか訊《き》くより、分析結果はどう？　……って言う方が無粋《ぶすい》な聖竜らしいわね」

厭味《いやみ》ったらしくフォトンは指摘してきたけれど、その体はかなりの熱を帯び、長い付き合いだからわかるウロコをゆるめた、ドラゴン独特の笑顔がぎこちない点も見抜けていた。この身が秘策を編み出せるよう、フォトンは無理を強《し》い、裏方役にまわってくれている。そんな心配《こころくば》り、感謝するよ……。

「なら改めて、フォトン。体に溜《た》め込んだ情報の分析結果を要約してもらえる？」

「どうやらここの連中は、ロス128Ｂを手にするつもりだったみたいね」

「要約しすぎだよ！　それって財宝か秘薬か何か？」

フォトンは感情をあまり表に出さず「ロス128Ｂは……」と説明を始めた。いわく地球近くのハビタブルゾーン（水が液体で存在できる領域）にある生命の存在が予見された惑星のことだという。

近くといっても、十一光年離れているから、マイクロ・ブラックホールを発展させたワームホールの開発、さらにはワープの実証試験まで進めていたらしい。七色の光が関係していたのは、聖竜のライフワークだった七色空間理論の発明。その技術を、誰もが往来できるゲート構築にかこつけ、無断利用していたと、フォトンが説明をいったん区切った。

「……連中はいろいろ実証実験していたわけだ。その技術が……、未来世界では……」

〈ジャンクミーネ?〉とローグが、ぶっきらぼうに相方の名を呼んだ。

当人は実に悲しそうな元気のない声で、この辺りの空間には、かなり多くの傷跡が残っていると「空間」の状態がわかるのか、無念さをただよわせ教えてくれた。実証実験で作ってしまったのだろう。

「でも人類や他の仲間たちは、この技術をこれから発展させていくんだな……」

その先に待ち受ける悲劇のことなど考えもせず、ワープ技術の利点だけを大いに評価した。

誰ひとり警鐘《けいしょう》を鳴らさなかったのか?

そう考えると実質、ワープ1に相当するスピードとなる「光の速度」、そう、この宇宙を飛び交《か》う光は、ワープ1なのに宇宙空間に傷をつけていかないのは、不思議だ。

みんなで考えれば、知恵の数は多くなる。聖竜がこの謎を丁寧《ていねい》に説明すると、まっさきに「かみついて」きたのはローグだった。

〈まだわからんのか! ワープ技術そのものが自然の摂理《せつり》に反しているから、危険なんだぞ!〉

「ローグは火を恐れる原始生物みたいだな。僕は未来を不確定にしてやれば、過去は変えられると考えてる。つまり未来オオカミのローグ、キミの考えを変えてしまえば、別の未来のローグとなってだな……」

〈うるさい！　オレはオレだ。何も変わらない！　不愉快だ。オレはこの会合に参加しない！　しばし離れる！〉

「ちょ、ちょっと」

〈ウオオォォーーーン！〉

吠えるように言うだけ言ったローグのベルト、その感触がこつ然と消えた。つづけてキラキラ輝く金属の粒状になって、姿だけは元の四肢《しし》隆々《りゅうりゅう》なオオカミの状態に戻している。金属は無機物だから、モルドに侵される危険はないけれど、粒子《りゅうし》状の大柄な金属のオオカミは、夜空へ向けて駆けだした。

未来の生き物たちにとっては、息をするくらいに、重力をコントロールするなんて当たり前のことなのだろう。そんな怒りんぼのローグは皮肉も忘れ、どこへ行こうとしているのか？

輝く原始恒星系へ向け、見えない獣道でも駆けあがっている感じだ。ローグ自身、ベルトの身でロクに身動きできず、フラストレーションの塊になっていたのかもしれない。

と、不意にフォトンがスマートなマズルを振り、柔らかく太い声に自身の考えを乗せ、話しかけてくる。膨大な情報を体で得て、彼女は何か掴んだ可能性が高い。

「バケモノ巨人に投げられたとき、大地はクッションになったでしょう？　腐葉土の組成《そせい》は？　あとね、激しい音は空気を切り裂くけど、世界中の空気が裂けたって話、ないわよね」

「腐葉土は微生物や養分の粒の集まりだな。音はそう、前回の大戦で僕たち、二次元世界からグラフやカタチになった方程式に、攻撃されたよね。あんな波動や波長の仲間だよ」

聖竜がうなずきながら答えると、フォトンはさらに深く切りこんできた。そんなフォトンは強い力を御する「理性」も、論理的「知性」も兼ね備えていて、ちょっぴりうらやましく感じてしまう。おっと、彼女のやさしい真心のことも、忘れてはいない。フォトンが美麗《びれい》なマズルを開く。

「どうも開発中のワープは波動《はどう》を軸に方程式を生み出しているみたいだけど、これ、粒子性に、ええ、砂のように傷をつけにくい粒子を軸に、置き換えられないかしら？」

「……難しいな。粒が連続して並んだものが波動、つまり線になるけども」と聖竜が口ごもったとき、ジャンクミーネが静かに会合へ参加してきた。髪というより現在はウロコの飾りに化けるジャンクミーネは、あえてヒントというカタチをとったのではないか？

〈聖竜さんは七色の光を使っているの。でねぇ、腐葉土はたくさんの粒が混じってるの〉

これで彼女の言葉は終わりだったが、なんだかとびっきりな、ひらめきが起こりそうな気になった。強引だけど二次元世界の住人「波動」を軸ごと心臓部にせず、無数の粒を混ぜて軸にすれば、新しいワープ技術は出来上がりそうだけど……。

「よし！　今夜は徹夜で、発見開発され、さっき入手した時空間操作の方程式、うん。ワープ用の方程式に使われる波動に関する部分を洗い出していこう！」

「もしかして全部？」と黄色く星のような瞳を見開くフォトン。うんうんと首を振った聖竜は、波動部分の動作検証を行いながら、みつけていく旨を伝えた。

フェニックス・ドラゴンのフォトンは、頭に生える角すら工芸品と等《ひと》しい。その美しき頭をグルリと回す。無言でやれやれとジェスチャーしているらしい。

「あたし、今夜こそ、お肌にもウロコにも悪い徹夜の野宿を、避けられると思ったのにぃ～～」

「ウロコが荒れるって聞いたことないけど？」

「だってあたし、女の子なのよ」

乙女《おとめ》ちっくなセリフだったが、この巨大で野性味だらけのフェニックス・ドラゴン姿で訴《うった》えかけられても、説得力に欠ける。

フォトンはまだ、うらめしそうに崩れかけの研究拠点、そのとなりのアリーナらしき大きな建物を眺めていた。冗談はともかく、彼女はずっとフェニックス・ドラゴン姿でいる。たぶん体力の少ない人の身に戻り、感染してしまった体内のモルドが活動し始めないか、懸念《けねん》しているのだろう。

〈わたしもちょっとぉ、お手伝いお手伝いぃ♪〉

ふっとジャンクミーネの快活な声が聞こえ、その次にはシーンが切り変わるよう、照明と機材が完備されたデスクのセットがこちらを護《まも》ってくれた大地の上に並んでいた。これらもジャンクミーネが……？

「ひ、ひとつの体なのに、分離した無機物にまで、変身できるのか！」

〈そうなのぉ〉

聖竜が驚くと頭を、先ほどのように「理性的」な手加減がされたフェニックス・ドラゴンのげんこつが、コツンとしてきた。フォトンはマズルにシワを作り、何だか渋い顔つきだ。

「聖竜？　驚いてばかりじゃなく、まずジャンクミーネちゃんに、お礼でしょう？　高機能な作業場をこしらえてくれたのよ？」

「あ、ありがとう、ジャンクミーネ」

聖竜が素直に頭を下げると、簡易分析所と呼べそうな機材一式が小首をかしげるかのように揺れた。

〈どういたしましてぇ♪〉

「うわわ、こりゃ本当にスゴい。分析装置も直感操作のタッチパネルみたいに使えるぞ！」

いくらコツンとされてもやはり、驚きや好奇心が先に出てしまう聖竜だった。タッチパネルはよくよく触れば「液化パネル」とでも言おうか。

テレパシーのごとく脳波を読みとるのだろう。動かそうとレバーの表示にタッチすれば、すぐさま液体状の表示だったそれが、本物のレバーへ液体から固体へなり変わるのだ！

数学や物理現象はニュートンの時代、いいやもっと古くからそれほど変わっていない。だからジャンクミーネたちが暮らす未来でも、宇宙の法則と呼べる常識、たとえば「水は100度で沸騰《ふっとう》する」など、本物のネアンデルタール人がウホウホやるのとは、ちょっと違って、おびえずに作業場を使いこなせそうだ。

斬新《ざんしん》な設備と持ち前の好奇心が合わさり、聖竜は技術者とし、これまでにないほど心が輝いていた。「ドラゴンに会う」との目的が達成できて以降、聖竜はフォトン・光香《ひかり》が案ずるほど、こんな輝きが失われ、半《なか》ば迷走状態だった。

人は目的を持ち、文明社会から必要とされることで、生涯成長をつづけられる。哲学めいた難しい問題だけど、聖竜は「定めし過去を変えること」に執念を燃やし、その技術の副産物として、最愛なるドラゴンと一緒に今後の目的を、みつけかけていた。

気持ちが滾《たぎ》る聖竜は、てきぱきと分析や解析、情報の液化パネルへの入力にいそしみ、ときにハードすぎないかこちらを心配してくれるフォトンへも、情報の分析と真偽のチェックを頼んだ。

「……聖竜、平気なの？　ちょっと休憩しましょう？」

「なんだか無理してでも、開発を進めたい気分なんだ。まだ……まだイケるよ」

そうなのだ。七色空間の理論で同じ地球上の、基調周波数《きちょうしゅうはすう》だけが違う異世界の「開拓者」となったとき、自分は幼い頃からの夢を追い、実現させる欲望で研究を死ぬほどに行っていた。

ただ今回は違う。

「友達」を助けるため、自分たちが招いた未来世界を立て直すため、ふたつのはっきりした目的があった。はっきりしている分、成否もわかりやすく、また、聖竜は考えないようにしていたが、目的達成の重責で心がつぶされそうになる。

「山奥は冷えるかな？」

そんなときは、プレッシャーにならない独り言で、自分自身の気を散らしていた。

対し、同じ目的をめざしていてもフォトンには、まだ「野性」が残っていて、またもや頭をコツンとされそうだが「雑草魂」で物事へ挑める雰囲気だった。単純に、人間とドラゴンの異種族という違う立場が、メンタル面のたくましさを、もたらしているのかもしれない……。

さらに時間は進み、フクロウの鳴き声が響く夜更《ふ》けとなった。ふっと聖竜の背中から胴体をしっかり包む、ぬくぬくとした柔らかい感触が現れ、山奥の少し冷えた夜風をさえぎる。

「あぁ……」

フォトンが自身のワイドな翼を器用に使い、やさしく、愛情たっぷりに気をまわしてくれていた。自分も実は、やさしくされることに慣れていない。フェニックス・ドラゴンのぬくぬく感以上に、自身の顔が熱く、赤々となっているだろうと予想する。

「ほんと、聖竜って純粋なままなのよね。それとも相変わらずドラゴン・フェチだから？　どっち？」と彼女は翼の毛布を、きゅきゅきゅっと妖《あや》しく刺激的に動かし、身もふたもない質問の仕方をしてきた。フォトンがこう攻めてくるのなら、こちらもお返ししてみよう。口にするのはちょっぴり勇気がいるけれど。

「どっちでもないよ。光香《ひかり》もフォトンも……、僕は心底、愛してるから」

「あっ、あら。あ、……ありがと」

ダイレクトに聖竜が言うとは、考えていなかったのだろう。シンプルに応じてきたフォトンだったが、それで終わりではなかった。長い首をグンといっぱいに曲げ、美しいマズルを近くへ寄せてくると、そのまま口先で聖竜の頬《ほお》へ、しっとり濡れた甘く切なく、うずいたキスをくれた。

「……がんばってね」と彼女は耳元でささやく。ガッとポーズをキメようとしたとき、聖竜はいきなり体の中からの、にぶい痛みに襲われた。ちっぽけな人間は体力が少なく、感染しているモルドの侵攻ペースも早いのに違いない。

「ううぅっ。く、くそっ。モルドめ。まだ……まだ、僕は死ねないんだ！」

「そ、そのとおりよ！　聖竜は死なない。だって、死を生へ変えられる奇跡の人間だもの。嗚呼、このあたしの体力を、いくらでも分けてあげられたのなら……」

そう言って巨躯《きょく》の身ながら繊細《せんさい》なフェニックス・ドラゴンは、雌竜っぽい曲線を描く大きな顔を、しばし聖竜の首元から顔へくっつけ、ウロコが擦《す》れる頬《ほお》ずりをしてくれる。彼女の翼の毛布は「ファイト！」と言わんばかりに背筋を、力強く撫でてきた。

ただこんなフォトンもモルドに感染しており、このままだと第二の明蘭と化すのは避けられない。実にくやしい！

「う……ん。も、もう治まったよ。ありがとうフォトン〝2〟」

「そう……。なら、……いいけど」

本当は内心、この先が不安で不安で仕方なかったけれど、聖竜はあえて冗談混じりにお礼を言った。だけど本気で心配してくれているのか、フォトンは何も言い返してこなかった。く、モルドの連中め！

ちょっとしか話はできなかったものの、深宇宙観測所にある気密宇宙服を着る際、専属の医師が、亡くなった明蘭は、太古の物でその時代にそぐわない品、いわゆる化石化していたコンバート・エメラルドのオーパーツから、感染した恐れが高いと言っていた。

しかし、あったとされる古代文明はモルドに滅《ほろ》ぼされたのではなく、他の原因で失われたと、伝説上では記されている。現代がモルドのエサ場になっていても、おかしくなかったのに古代文明は「特効薬」でも発見して使ったのだろうか？

聖竜が悩ましげな顔をしていると、考えも息もぴったりに察してくれたフォトンが、「決定的シーン」をあの田之上がいた部屋の録画ホログラムから見つけたと、声高に告げてきた。さっそくその部分を、ジャンクミーネ（の作業場）も含め、3名で確認していくことにする。

4　禁断のホログラム

《ホログラムID309814待機中》

抑揚《よくよう》のない機械的な合成音声が流れ、聖竜はアゴを突き出し「スタートしろ」と命じた。指示とともに3名はもう、ホログラム映像の中にいた——。

ここは太古の地球上だろうか？　異質なオレンジ色の空は、積乱雲よりも発達した低いガスに覆われ、ところどころ渦を巻いていた。広がる褐色の大地には、壊れたような人工物を除けばあまり起伏がなく、もちろん植物の類《たぐい》はいっさい存在しない。ひどい悪臭が鼻を突く。

風化したと思われる大小の岩が、ぽつんと点在し、現場は殺伐とした眺めだった。かすみがかったオレンジ色の空をバックに、点々と汚《きたな》らしい金属光を放つ大地が視界の果てまで広がっている。それらは金属製の廃墟か、下水地のなごりだろうか？

また、あちらこちらに骨らしき物が転がり、遠くには六本の足を持つ、やせ細って今にも事切れそうな見慣れない生命体が、誰もが聞けばわかる「嘆きの声」を、うらめしそうに発していた。ここでようやく、人間か何者かのしゃがれ声が、悲劇的な光景に混じる。

「栄華《えいが》を誇った古代文明も、世界を死ぬまで汚してしまっては、おしまいだな」

《我らはこのような運命をたどる文明を、救済するために存在しているのだ》

思わず聖竜は、つばを飲み損ねた。応じる低くゆがんだ声が「モルド」のものならば、連中が古代文明の再興《さいこう》に、ひと役買ったということになる。まさか！

おそらく致命的な環境汚染を古代文明は引き起こし、もはや生態系を支える土台たる微生物も壊滅させてしまったのだろう。他に土台となれる微生物がいないのなら、モルドは何の問題もなく大地に、そしてこの星に広がっていける。

《まず、残った生命体が、汚染環境に耐えうるようにならねば、文明のリ・スタートなどできない》

これこそモルドが生き物の体内に、はびこる理由なのか？　だけど連中は善玉、たとえば乳酸菌みたいな働きをし、ホログラム映像から感情は読めないけれど、死滅へ歩む古代文明を、本気で救おうとしている雰囲気だ。

「ジャンクミーネ？　未来世界の自然環境はクリーンなのかい？」

〈……モルドは明蘭さんを殺したわぁ〉

問いかけの答えになっていないが、そのとおりだ。善玉の乳酸菌が体中を侵し、増殖をやめず、正常な生き物を殺すことはない。この身にもタイムリミットが課せられている。モルドは自分たちの戦争行為を、正当化しているに過ぎない。

しかし何らかの権限を持つ生き物なのか、ふたたび、ホログラム中のしゃがれ声が相手へ応じてしまう。

「では……やってくれ！」

《ホログラムデータ破損。再生不能です》

「かっ、肝心なところで……！」とこぶしを打ち、目をむく聖竜。

急にホログラム映像が途切れ、自分たちは明るい星空の下の「ジャンクミーネ製、作業場」のなかで立ち尽くしていた。今のホログラム映像はある意味、聖竜の心への決定打となった。

どうしてモルドは急変し「知性」はあるらしいのに、せっかくの「理性」を失うのか？　確かめる方法はひとつ。

「モルドを……救済してやることだな」

気合いを入れなおした聖竜の固い思いが口からもれ、フォトンとジャンクミーネに鋭い意識を向けられた。こんな悪魔連中のどこを救済するのかと……！　両手をあげて降参した聖竜は、先ほども「地球版のモルド」に救われたばかりだと話していく。

「地球が酸素にあふれ、生命を営《いとな》める星になったのも、遥か昔にシアノバクテリア類、単に菌類が土台となって酸素を作ったからだよ。その環境下で生命は進化していき、人間やドラゴン、気体状オオカミなどなどが誕生したんだ」

「それで？」

フォトンの言葉がシンプルなときは、良くも悪くも感情が揺れ動いている場合が多い。それを真似《まね》て聖竜も「演説」を終わりへと向ける。

「モルドはきっと進化中の土台なんだ。でもその方向性を見誤っているか、何かアクシデントが起きた。だから僕は逆にモルドの星へ直接行き、今度は連中を救済してみせるんだ！」

まだやけにテンションが高い状態だけど、フォトンは首を振りながら「あの……聖竜さ。七色空間縦貫ゲートの計画をお偉《えら》いさんの前で、勝手に断言しちゃったときみたいね、今」とだけ、ローグの代わりとばかり、皮肉げに言った。

彼女はたぶん、この身が高慢《こうまん》になっていないか戒《いまし》めている。だが自分はいつも、大胆さは演じており、世界を支配する「魔王」とか「独裁者」だとか、基本、気が小さいので不向きだ。

これは自分自身が一番よくわかっていること。

ただし謎は、謎のままで放置したくない。いずれはフォトンのたくさんの謎も解こうと考えている。

〈わたしは……ええ、お話もしないでモルドのお星さまを壊すのぉ、ほんとはどうなんだろって、ね。いつも考えてたの。でもねぇ、直接お話するには、あまりに遠くてぇ……〉と少し考えてから言葉にしたのか、ジャンクミーネが探るような気配をただよわせた。

「大丈夫。それは任せて。僕の唯一の取柄《とりえ》で、がんばってみるから」

〈ううん。聖竜さん。唯一の取柄《とりえ》、なんかじゃないわぁ。違うのよぉ〉

ジャンクミーネのうれしい言葉もバネにし、分析と謎解き、専門的に言えば開発されていた空間を裂くワープ技術の「リバース・エンジニアリング」（逆解析）を進めていた。皮肉りはしたが、フォトンも精力的に補佐以上の、ドラゴンのいち研究者としてアドバイスをくれる。

「聖竜の作ったゲートも同じ。このワープ技術も同じ。七色の光が使われているわね」

「いや、実際には紫外線《しがいせん》や遠赤外線《えんせきがいせん》とか、ぎりぎりの周波数《しゅうはすう》（色合いを作る力）まで含めてるよ。赤色、フォトンたちの世界の緑色、そして僕らの青色の異世界間の扉（ゲート）を開くのに必要だったんだ」

「それって、どうして？」

この指摘を受け、開拓用のゲートについて、聖竜は考えを巡《めぐ》らせた。単にゲートを開くのに、多くのエネルギーが必要だった。しかしその逆、ゲートを閉じるときは、ちょうど掘った穴をあの柔らかかった腐葉土で埋め戻すのと同じだ。

跡をきちんと消すため……、跡がごく自然になるため、いろいろな素材が混じった腐葉土や自然の土石類を使う。それと同じで、たくさんの光（周波数）を使い、ゲートで開いた穴をダメージが発生しないよう、デリケートに閉じて（戻して）いるのだ。考え深げにフォトンがドラゴンの太い首を傾《かし》げる。

「そうなんだ。ならばさ、光に腐葉土の性質はないかしら。光の特徴ってナニ？」

「ええっと、ここの連中が開発していたワープ技術は見たところ、レーザー光線じゃなかったから――」

ジャンクミーネが変化してくれた簡易研究施設のような作業場で、丑三《うしみ》つ時《どき》になっても聖竜とフォトンは活発な議論をつづけた。未来の装備品を持つ施設が役立ち、あらかた情報の分析と解析が終わったからだ。

「ううー……ん。くぅ」

思わずうなってしまった。結果が複雑すぎて、今回ばかりは聖竜も思い悩み、一切なにもひらめかない。もはやすべてを、ほっぽり出し、逃げたい気持ちでいっぱいだ。心は重く、とても苦しい。自分に迫る死が怖いのとは違う、わけもわからない状態になってしまい、涙があふれてきそうだ。

心配してくれる真の友や肉親はいるけれど、魔法使いとなって助けてはくれない。簡単だろうが難しかろうが「道」は自分で切り拓《ひら》くもので、助けもその努力に見合って与えられるものだと聖竜は思っている。

さまざまな考えが錯綜《さくそう》していくが、それでも聖竜自身、覚悟している最難関の技術改良に挑まねばならない。体内のモルドどもがネットワーク網を作り、この頭から思考力を奪い取ってしまうより前に……早く！

たとえフォトンが愛しく、労《いたわ》わってくれても、自分自身が不安感に押しつぶされては、どうしようもない。急いで安全なワープ技術の完成まで、たどり着いてみせる！

ときの流れは不動で、決して容赦などしないから――。刻一刻と、ときが過ぎていく。

第四章

大宇宙と小宇宙の先にあるもの

1

ローグがローグと出会うとき

自分は、やれ論理論理な研究者タイプではない。場違いなうえ、皮肉で邪魔《じゃま》をしてしまいそうだったから、金属粒子《りゅうし》で大きなオオカミの姿をとったローグは、あり余る力とエネルギーを使い、ムチャクチャに夜空へと駆け昇っていた。

（ちょっと……本気になりすぎた。距離を開けすぎたな）

こう思ったローグは、ちらりと金属の舌を出した。ローグは雲海どころかそれを優に突破し、宇宙空間の入り口まで、ダッシュしてしまっていたのだ。

そしてクールなローグですら、ひととき、果てしない宇宙空間の広がりを満喫し、散りばめられた星が放つ色彩に魅了《みりょう》されてしまう。どれも四肢《しし》が届きそうなほどに鋭い煌《きらめ》きながら、普通に飛べば、そう、モルドの母星到着まで数万年を要する。それほどまでに宇宙は広大なのだ。

しかしそんなローグもある点に心動かされ、驚嘆《きょうたん》しきっていた。

（こ、これが……地球本来の姿、だったのか……！）

重力をあやつるローグの眼下では、右から左までゆるやかなカーブを描く、汚《きたな》く変色する箇所など見られない、純粋に青い色の惑星・地球が姿をあらわにしている。未来世界では、ほぼ消滅している海を湛《たた》えた曲面の美しい、まるで宇宙空間の水滴だ。

壮大な白光を放つ雲の合間から、まだまだ森林地帯の多い大陸が顔を出している。こんな絶景を前にしても、なんだか意識がはっきりせず、その原因は原始恒星系からの「謎めく発信」だった。電波か何かが送られてきているような……。

そこはラグランジェポイント（重力バランスが安定した領域）に位置し、圧倒的な量のガス雲が大渦《おおうず》を創り、やがて宇宙においてかなり早いペースで、我々が根城《ねじろ》とする星を誕生させる。

原始恒星系の大渦《おおうず》にも汚《けが》らわしさはなく、純粋に今後、地球を補佐する第二の「青き宇宙の水滴」になろうと、あくせくしているようだった。我々を陥《おとしい》れるため、悪意をもって創世されているとは、まったく思えない。聖竜に光香《ひかり》、この「伝説上の二神」が意図して、モルドのエサ場を創ったとは考えにくくなる。

《……でいい。わしと同じ名……ロー……、声が聞こえ……》

（誰だ！　オレの頭に声を響かせるのは？　よもやモルドの野郎か！）

ただその声は、楽団のごとく荘厳《そうごん》で、何重にもエコーがかかったもの。忌《い》まわしきモルドのひずんだ声とは、さっぱり違っている。ま、まさかこの心をも揺さぶる声は、創世に関わったとされる第三の神であり、自分と近縁種族の――！

《仲間……信じ……。さもなくば、声……届けられず……》

自分が信心深くないから、神の声がはっきりしないのか？　違う、仲間への信頼感がクリア

な会話を妨《さまた》げている。確かに、過去の創生神たちが悪夢の未来を創ったと内心、勝手に思いこんでいた。だが光香《ひかり》・フォトンや、とくに聖竜は、そんな悪魔の化身だったか？

いいや、ぜんぜん違っていた。気のいい聖竜は「友達」とまで言ってくれていたが（あんな人間でも未来世界では、伝説の創世神なのに）、自分は身勝手な思いこみの殻に閉じこもり、差し伸ばされた手を拒《こば》みつづけている。自分の思いや考えは、どうやら間違っていた──！

《同じ名を持つローグよ。ようやくそなたと情報交換ができそうになったわい》

（あぁ、情報の神よ。どうか神の、かつての〝仲間〟を、助けてやってくれ……いえっ、助けてくださいませ）

《情報は正確にな。〝仲間〟ではなく聖竜は〝友〟だ。それから急に、わしへの口調を丁寧《ていねい》にしおったな？》

（そ、それは……、あの……その）

創世神かつ情報の神に突っこまれて、しどろもどろになり、宇宙をただよう未来世界のローグは、平身低頭《へいしんていとう》な格好をとりつづけるばかりだった。

自分も体をガス状、霧状にはできるが、ここまでの規模の「星雲《せいうん》」を作るのは無理だ。だが地上の世俗的《せぞくてき》な神ふたりと違い、このローグ神は力もありそうで雰囲気が異なる。そんな神と話す、またとないチャンス到来だ。

《神、神と呼ぶが、そなたも世代のカオスさが生んだ特殊能力を持つ、次世代の神に近い存在なのだぞ》

（は、はぁ……）

間の抜けた返事になったが、情報の神が告げる情報の半分すら、わからない。すると情報神ローグは、この自分が、自分だけの存在空間をちゃんと持っていると、さらにこちらを混乱させ、小さく笑う。なにせ、この身は時空間に存在が残らないから選ばれていて……。

《ふふふっ》

決して小バカにした笑いではなく、笑いの向きが情報神ローグ自身を示している感じだが……。そしてローグとジャンクミーネが歴史にも宇宙にも存在の証が残らないことについて《簡単に言えば》と声を響かせたのち、それは進化しつつある証明で、ある意味、次世代の生命体になろうとしているという。

（こんな身が次世代の生命体だと？　いえっ、で、で……ですか？）

《そうだ。この宇宙ですら今この瞬間も、常に進化をとめてはいないのだぞ》

いわく人間たちや、のちにドラゴンたち地球の多種族は「母なる地球」の庇護《ひご》から離れ、宇宙を開拓するまでに進んでいく。それと同じく、生命たる魂はさらに強く勇ましく進化し、宇宙空間の庇護《ひご》からも、独立し、完全なる自立という概念が、これから数万年かけ、表れてくるとのこと。

《そなたたちは、その礎《いしずえ》なのだ。不必要に卑下《ひげ》する必要も、逆に別格視する必要もない。さらに証《あかし》とされた褒賞《ほうしょう》を与えられ、感謝する日が訪《おとず》れるやもしれぬ。では今度は、そなたからの情報を、わしは待つ》

（ええっ！　このオ、オレが、いえいえ、わたくしめが神へ情報など、とてもとても）

ここまで念じかけ、おそらく情報の神が知りたがっている「あること」に、ローグは思い当たった。光香《ひかり》と聖竜についての情報だろう。〝友〟と呼ばせたくらいだから、まず間違いない。

しかし、モルドに感染しているのに「元気にやってます」とのウソは、仮に通じたとしても、つきたくない。ここは包み隠さず、モルドへの感染について未来の情報とともに、正直に伝えるべきだろうな。

《むむう。そなたは知らぬようだが……》

そうなのだ。時空間を逆行してタイムトラベルする行為に、エネルギーを貸したのは、当の情報の神自身らしかった。どうやら自分たちは、単なる捨て駒《ごま》とされ、何も教えられなかったようだ。こんちくしょうめ！

あれこれ考えず、モルドの母星へ特攻して死ねということだったのだ。まさしく亜光速のミサイルと化せば、物理学ではときの流れが変わり、自分たちにそう長く考える時間はなかった。

とまどうこともなかった。

それが生き残った上層部の狙いだったのか――？

迷うのはあとだ。今度は正直になり、ローグ神をも驚かす情報を皮肉に乗せ、告げてみよう。

（聖竜は生粋《きっすい》のドラゴン・フェチなんです）

《よく知っておる》

（では、その中でも野生のにおいフェチだということは？）

《な、に――》

まるで神が息をひそめ、絶句するようなオーラがくみとれた。さらにローグは追い打ちをかけ、たぶん聖竜はオレ、いいやこの身の「におい」にも興味津々《きょうみしんしん》なはずだと強く念じてやった。

原始恒星系をつかさどる情報神は、聖竜が「手フェチ」であることは、薄々見抜いていたが「におい」には気づいていなかったらしい。満足した気配をただよわす情報神は、情報屋として聖竜への言伝《ことづて》があるとのこと。

《においフェチはまだまだ世間に認知されていないから、注意せよ。されど……》

この先の内容は、技術面にうといローグには、謎かけと等しかった。だけど実質、神からの強いメッセージに近い。

《そなたもふくめ聖竜に、においを嗅《か》がせてみろ。においの根源をたずねながら、強烈に一発、

嗅がせてやるのだ》

（あ、あの……、このオレ、じゃない、わたくしめの、においも……ですか？）

《例外は、ない》

ローグは、最初で最期《さいご》となるかもしれない、いかにも神らしい鋭い念を受け取った。つづけざま神は、どうか聖竜へ助太刀《すけだち》してやってほしい、と願うようにささやいてくる。同じ名を持つローグよ……と。その声はだんだん小さくなっていく。

（まかせておけ！　いいえ、まかせておいてくださいませ！）

《タイムトンネルの件といい、ほとほと、手の焼ける連中だな……》とは神の独り言？　グチ？

ともあれ、神に願われるとは、光栄の至《いた》りだ。ローグは金属の粒でカタチにした大きなオオカミの体を、重力コントロールでUターンさせ、青く光り輝く地球へ向け、そのまま大気圏へ切り込む。周囲は淡いブルーに近く明け方の空色に、変わっていく。

「よーし」

金属色をしたオオカミ・ローグは自身を覆っていたシールドを開放し、大自然の息吹という、早朝の高原が持つクリアさも比ではない、清らかな風に全身をあずけた。いくつかの淡い白雲がローグの後ろへ抜けていき、やがて剣山のごとく複数の岩山がそびえる、みんなが技術と、そしてモルドと〝戦う〟場が近づいてきた。

まもなく自分の長くなった気ままな散歩も、終わりとなる。だけどこれでいい――。

「おーい、みんな！　さぁ早く聖竜ににおいを嗅《か》がせてみろ！」

宙から駆け降りるローグは神と交信できたよろこびから、ハイ・テンションで叫ぶ。すぐさま「しー！」と人間のしぐさみたいに、フォトンが大きなマズルの前でごついドラゴンの指を一本、強く立てた。身を突っ伏す聖竜をその翼で包むフォトンは、仮眠を阻《はば》む者はすべて許さないというしぐさだ。

「なによローグ、急に戻ってきたかと思えば、においにおいって？」

「あとで説明するから、ちょっとだけでも、お前さんの激しく生々しい、においをだな……」

「生々しい、におい？　やだぁ！　ローグのヘ・ン・タ・イ〜〜！」

神との約束だからローグも、ただでは引き下がれない。執拗《しつよう》に食い下がり「におい」「におい」と単語が飛び交《か》う舌戦《ぜっせん》状態となった。そんな声に驚いたらしい明け方の野鳥が逃げていく。


ぼんやりとし、風景のないモヤモヤの中、聖竜は今、自分がどこに居るのかわからなくなっていた。しかし魅惑的《みわくてき》だ。肉眼では絶対に見られない「におい」の姿……が、目の前に現れている。「におい」を細かく細か～くバラしていくと、花粉そっくりな粒となった。

うーん。てっきり光について、自分は思案していたような気がするけれど……鼻の粘膜が粒をくっつけて、とてもいい「におい」を感じさせてくれている。

（なんだか覚えがあるような、ワイルドな、においだ）

こんな、においと光とは性質がさっぱり違う。光だったら二重性という未解明な特性を持つから厄介だ。実測実験でも光は、おなじみの波動、まさしく波線みたいな性質ならではの干渉縞を作る。

かと思えば光は、スリットを通過させる実験だと、粒々の集まりさながらの粒子性を示すのだ。これら現象を解明できない科学者たちは「光の二重性」と称し、ゼロの割り算が「禁止」なように、光とはこんなものなんだ、と半ば定義づけてしまっている。

「波動がダメなら、粒々を活かせばいいじゃない？」

どこぞの王女さまが飢えた民衆へ「パンがなけりゃ、おかしを食べればいい」と言って大ひんしゅくを買ったというが、聖竜はこの瞬間、悩みぬいていた戦いに「勝った」気持ちとなっていた。

（さまざまな色の光が持つ粒子性を使えば、多種多様な素粒子（この世で最も小さい粒）で裂け目を埋め戻せるんだ！）

この宇宙空間の物理法則では、光の速さや性質が基本の基本とされている。要するにこの世は、光で創られた世界だと言っていい。ならば腐葉土に穴を掘っても、腐葉土で埋め直せば「穴」は消せる。これと同じ原理で基本が光なら、光でいけばいい！

「小さな小さな粒、まさしく、素粒子《そりゅうし》たちがカギだったんだ！」

飛び起きた聖竜は、ここでようやく自分が寝ながら夢を見ていたんだと、わかった。もう野鳥がせわしなく鳴く朝一番となっており、フォトンも翼で作った毛布は忘れずに居眠りしていた。

夢がひらめきにつながることは、よくあること。そんなお目覚め聖竜の頭へ、ゴツンといつもより強い刺激が走った。辺りを見やるとローグが、……金属の粒でも無機物製《むきぶつせい》でもない、流れる黒き体毛を朝日に輝かせ、ゴムボールみたいなモノを投げてきていた！

「ローグ、どうして？　それに元の姿に戻ってしまってはモルドに感染してしまう！」

「なに、聖竜の〝友〟の情報屋か。そのローグに頼まれてな。においフェチには、がんばってもらわんと」

「フェチじゃない。〝好き〟の間違いだ。だけどローグ？」

そう、四足で大柄な筋骨隆々《きんこつりゅうりゅう》としたオオカミ姿は、明らかに普段どおりの姿をとっている。

最初、聖竜はローグを叱りつけるよう、さらにモルドの脅威を消す気力すら失ったのかと、黒い野獣の瞳をみつめ、たしなめた。がしかし、ローグの答えは聖竜の考えと真逆だった。

「なぁ聖竜、お前さんが、モルドをなんとかしてくれるんだろう？　オレは聖竜を信用した。新しい〝友〟と運命を同じくすることに決めた。一蓮托生《いちれんたくしょう》だ」

「……ロ、ローグ。ま、まさに……、僕の……新しい〝友〟だよ」

「ふん。結局全部、言わせやがって。恥ずかしいじゃないか」

まだまだ自身に正直になれないローグは、能力の制限がなくなるから元の姿に戻ったんだと、簡単に見抜けるウソを付け加えてきた。つづけてフォトンの閉じていたまぶたが開かれ、黄色い瞳がローグを見やる。

「へぇ。ローグって男気があるのね。あたし、惚《ほ》れちゃいそ〜う♪」

「おいフォトンよ。堂々と浮気する気なのか？」と、うなるような声でローグが皮肉げに切り返した。そしてなぜか聖竜へ向け、早く装置か道具かを完成させろと、どやしてくる。うれしくて涙が出てきそうだったから、気合入れに、ちょうどいい。大口でローグはつづける。

「フォトン、ジャンクミーネ？　聖竜とともに装置の改良を頼む！」

朝日が昇り、辺りには夜明けの活気までやってきた。だが計算式にもグラフにもしやすい「波動」方式から、「多様な光」方式への変更には、結果を求めるのに手間暇がかかる。すばやく完成させるには未来の装置を使い「カンニング」する以外の手しか、見つからなかった。

腕組みして聖竜は口をとがらせる。

「過去の時代で未来の装置を使い、結果を出したら、歴史の流れに悪い痕跡《こんせき》を残すことにならないかな？　そもそも歴史に変な分岐点ができてしまって――」

「なら、未来生物のジャンクミーネちゃんに、やってもらえば影響はでないんじゃないかしら。ね、ね？」

「うーん」

これは一理ある。また、言い訳でもある。ともあれ、未来世界で未来に関する結果を導いてもらうのと同じだから、歴史の流れへの影響はでないかもしれない。幸運だったのはジャンクミーネの新たなる不思議な力で、彼女いわく「素粒子《そりゅうし》たちがやり方を教えてくれた」という。

こうして未来の技術まで動員し、人間の手のひらサイズの金属製装置は完成した。……と思う。装置の完成を信じ、こちらの今後も信じ、〝友〟となれたジャンクミーネも、多くの種族の特徴が出ているモコモコした翼のある、着ぐるみのごとき姿へ戻った。

だけどもし装置に最悪なミスがひそんでいたら、不可能とされるハイゼンブルグの定理さえ無効にする力を持つから、体がブラックホールに吸いこまれるよう、バラバラの素粒子《そりゅうし》にまで分解する危険性だって否定できない。

「おい聖竜よ。グズグズしてるヒマはないはずだぞ。早くテストを兼ねて深宇宙観測所の保管庫まで、オレたちへ〝新型ワープ技術〟を披露《ひろう》しろ！」

「わかってるって」

とかく、せっかちなローグが前足で地面を引っかき、咆哮《ほうこう》さながらの声で意見を告げてきた。

だけど、どうして再び観測所へ赴《おもむ》けと言うのだろう？　その答えは友情に隠されていた。

「オレたちはともかく、聖竜は妙なフェチだが、ただの人間だ。宇宙での今後を考え、気密宇宙服を着ておいた方が無難だからだ」

皮肉も混じった意見だったが、聖竜はそれも忘れ、単純に感動すら覚えた。かつて沼地でこの身を助けてくれたように、ローグはやはり未来からの使者であってもローグに違いなかった。

「……ローグ。根はやさしい性格だったんだなぁ」

「うっ、うるさい！」

吠えたローグは、有無を言わさず「スタート」ボタンを肉球の足でグイとタッチしてしまう。

聖竜はあわてて、何度もＧＰＳで見ていた観測所の緯度・経度の情報を入力していった。

この場の全員が覚悟の表情どころか、笑顔をうかべ、寄り集まってきたので、聖竜はチームワークの高さを肌で感じとれた。「最初の一回だけ初期化のため、時間がかかるかも」と伝え、聖竜自身も仲間以上の〝友〟と一緒に、成功への祈りに加わる。

つづけて変化はいきなり現れた。きっと素粒子《そりゅうし》であろう滴《したた》る朝露《あさつゆ》そっくりの輝点《きてん》が、焼けつく八月の太陽を超絶した光の奔流《ほんりゅう》に飛びこみ始める。長大な彗星とも思える、七色の光の流れは、青紫色の摩訶不思議なイナズマをスパークさせ、いくつも宙へ放った。

この時点で、すでに体の「実体感」や「存在感」とでも言おうか、それらが失われたとわかってくる。新型ワープ技術が、自分たちのこの体を現世から切り離したのだろう。

（大丈夫、大丈夫）との信じる思念《しねん》だけが、どこからか広がった。

七色の輝きをした先には、雷雲《らいうん》を突いて中空へかかる雄大な、虹そのものの半円があった。完璧な赤・青・緑色たちが融合《ゆうごう》する虹は、ひとつだけではない。

遺伝子みたいな螺旋《らせん》を描き、数え切れないほど重なりあっている。また、優雅に回転し、北欧神話で語られるオーロラをも凌《しの》ぐ美麗《びれい》な揺らめきで、この世に存在するあらゆる色を解き放っていた。これはきっと、空間を元通りに戻す過程が、可視化されたものだ。

光の中心部では、あらゆる色の洪水が凝縮され、厳《おごそ》かな聖なる一閃《いっせん》と化していく。これが、もしや光エネルギーの真の姿なのかもしれない。畏怖《いふ》するほどに豪壮《ごうそう》だ――。

この、まばゆく神々しい変化も、前触れなく終わった。体はバラバラにならず存在し、意識もはっきりしている。自分たちは何事もなかったかのように、深宇宙観測所のアンテナ類が並ぶ高台の敷地、そのエントランス前にワープアウトしていた！

みんなは、よろこびの雄たけびを上げているけれど、聖竜だけは首をひねる。

（おかしい。誤差……にしては、ちょっと大きいな）

確か自分は、バレると厄介だから、保管庫内部の位置を入力した。だけどその位置をそらされたように、エントランス前にワープして立っている……。

この意味は誰かが息を呑む音で、すぐさま理解できた。こちらが来るのを予期し、観測所がワープ対策を講じていたのだ。

「い、生きていたの？　田之上！」とフェニックス・ドラゴンが長い首をめぐらせ吠えた。

「ふはは。そうとも。お前は図体だけのフォトンだったか。ここでは所長と呼んでおいた方がいいぞ。警備員もたくさん居るからな」

そう、七色のバケモノ巨人と戦いはしたけれど、とどめまでは刺していなかった。それが裏目に出て「所長」とし、何食わぬ顔で勤務している。白衣もそのまま、相手は口を開いた。

「モルドの中にも利害関係の解《わか》るのが居てな。わしはまもなく、モルドを細菌兵器化して世界中の権力者たちの反撃を封じこめる。何も知らん愚民《ぐみん》どもは、わしやモルドの奴隷やエサとなり、この地球は――」

「こ……、この腐れ外道《げどう》め！」

バキ！

こらえ切れなかった聖竜の怒りが爆発し、気づけば「所長」へアッパーパンチを食らわせていた。「所長」は後ろへぶっ飛んでいる。すぐに警備員たちが駆けつけ、プラズマ・ガンの狙いをこちらへ定めてくる。

「ガァァァァァ……」

しかしフォトンが威嚇の声を発し、ローグも牙をむきだした臨戦《りんせん》態勢をとったため、現場は膠着《こうちゃく》状態に陥《おちい》った。「所長」はアゴをさすりながら起き上がり、にらむ聖竜は「モルドはエサを食い散らす害虫に過ぎない」と、わざとハメるように言い切った。途端、「所長」がケタケタと笑い出す。

「モルドは環境汚染を正す、究極の存在。自然界からの遣《つか》いなのだ。オゾンホールの拡大、二酸化炭素による地球温暖化、人口の爆発、これらをお前ならどうするかね？　英雄殿」

「そ、それは、だな」と演技をつづけたものの、未来のモルドに何かが起こっているのは間違いない。

「モルドはすべての解決方法を知っている。未来世界がどうなるかもな」

こうつぶやき、いよいよ悪魔の皮をかぶった「所長」が、警備員たちへ、こちらを逮捕せよと合図を出した。しかも最悪な追い打ちとして、哄笑《こうしょう》しながら威圧的に告げてくる。

「くっ、ははは。万が一、お前らが妙な〝救世神〟になろうと画策《かくさく》したら、わしはコンバート・エメラルドを持つ者の世界へ……、そうだ、フォトンどもの異・世界へも行き、モルドの

感染を一気に広めるぞ。元々、知的生命体は人間だけで、あんな獣らは死滅すればいいのだ」

「なっ——、あんた、そ、それでも正気なの？　バケモノよバケモノォォォ！」

こちらを見下ろすフォトンの、悲鳴に近い声が響く。これで万事休すか！　逮捕に対して打つ手もない！

だが間一髪のところ、専属の医師が激しく息を乱し走ってくる。たとえ医師でも観測所所員に違いはなく、油断ならないが。

しばしポカンと医師は口を半開きに、光香の変身した姿、いいやドラゴン族など異種族すら、初めて見るような目つきで、フォトンを観察し始めた。それでも、本来の使命を思い出したらしい。ちょっとダンディーな、医師の声が響く。

「待って！　　明蘭さんは殺されていた。検死の結果、その……"あいつら"をカプセルで大量に摂取させられたことによる体内の汚染死、否、中毒死とわかったんだ！　異物をこっそり大量に摂取させる、いわば毒殺と同じだ」

「毒殺……。じゃ、じゃあ姉さんは……まだ……、まだ死ななくてよかったの？」

「フォトンちゃん……落ち着いてぇ」とジャンクミーネがハグでもするよう体を揺らした。

「ガァァァァァ！」

巨躯を震わすフォトンが悲痛な声でわめき、りりしい腕を振り上げる。反対に専属の医師は

162

氷のように冷ややかな口調で答え、証拠のホログラム動画を映し出した。そのホログラム動画は所長室内部を映し、一部がズームアップされていく。

「光香《ひかり》こと、ええっとフォトンさん。冷たい言い方だが、そういうことになる。そして田之上所長の室内から、公開できない多くの情報、たとえば未来の情報と、製造途中のカプセルが大量に発見された。つまり……」

「そうだ。つまり最低でも、これは殺人罪か、自らカプセルを飲んでいても殺人ほう助罪が適用されるよ、なっ！」と、力をこめた調子で大口を割ったオオカミ・ローグが華麗にジャンプし、逃げる体勢で手持ちの旧型ワープ装置を設定する田之上に食らいついた。

「ガオン！」

そのまま破砕音《はさい》を高らかに、ローグは相手の装置に牙をめりこませ、木っ端《こぱ》みじんにしてしまう。田之上は逃げ場を失った。

「あ、ああっ……わ、わ、わしの大切な、そ、装置が！　くっ、い、伊藤。貴様のジャマさえ入らなければ」

「田之上所長、一切、動かないでください。間もなくポリスたちが来ますので」

専属の〝伊藤〟医師は冷ややかに告げ、危険なワープ装置は原型をとどめていない。立ち並ぶ警備員たちも、プラズマ・ガンの狙いを「所長」へと変えた。

「フォトン……」

哀れなフォトンの一部だけでもいい。聖竜は腰元付近を両腕いっぱいに抱き締め、心をこめてなで、彼女の支えになろうとした。振り上げた腕をフォトンが田之上の頭上へ叩きつければ、復讐は十分、遂《と》げられるだろうから。

「フォトン。待って……」

「……くっ、くくっ」

しかしフォトンはぎりぎり、仇討ちをという知識ではなく、とっておきの「理性」をまたも働かせ、聖竜の頭から上半身へ腕を下ろしてきた。聖竜は懸命にフォトンをなでて労《いた》わり、フォトンも人肌の温もりが恋しい雰囲気で触れた手を動かし、こちらを黙ってみつめている。

「――――！」

聖竜とフォトンはひととき、生き物が持つ、やさしい体温をお互いに分けるよう、体を触れ合わせ、肝心の心の痛みをも分かち合った。

それもわずかな間だった。手はずを整え、待っていてくれたのか、専属の伊藤医師はポリス部隊をコールしてくれていた。サイレンの音が観測所に近づいてくる。どうやら「隔離処置」が必要とも伝えたらしく、特殊な形の車両もエントランス前に停まった。

「感謝します」と深くお辞儀する聖竜。つづけてまだ初対面のジャンクミーネが、なにやらエネルギーを使っている様子で、専属の医師と固すぎるほどに握手し、挨拶《あいさつ》した。

いったい彼女はなにやってんだか？　未来世界では病気が根絶され、医師なんて職業は存在しないのかもしれない。もの珍しいのかな？

当の専属医師は、笑顔を真顔に戻してから、厳しい口ぶりで言葉を並べてくる。

「現代の、それも小さな野望はとめられた。でもキミたちはこれから未来世界を賭《か》け、宇宙をおびやかす存在、モルドの謎解きをするんだろう？　ボクは宇宙へ……行ったことがないんだよ」

白衣をなびかす医師は顔を天空へ向ける。これまで、さまざまな不思議を体験してきた聖竜は、おべんちゃらでも何でもなく持論を口にした。

「先生は毎日、行かれていますよ。体内という小宇宙へ。僕はそんな小宇宙と、この世を創《つく》る宇宙とでは、大きさが違うだけで共通点があると考えています」

「体内の小宇宙ねぇ。たとえるなら？」と医師がこちらの心を確かめるように、問いかけてきた。問いを受ける聖竜にとって、答えは明白だった。同じ自然界が創りし産物であること。そして――。

「宇宙がきっと理性を持つ点です。そう、理性を持ち、育《はぐく》める。人間や他の種族もそれができます。宇宙もそんな生命体を育《はぐく》むことができます。どうです。同じでしょう？」

「……そのとおりだね。理性……か。考えてもいなかったよ」

出し抜けに専属の医師が大きくうなずき、控えていた看護師ふたりへ片手で合図を出した。元から自己再生繊維や金属類が使われているけれど、忌々《いまいま》しい〝穴〟のない真新しい気密宇宙服が差し出され、人間の聖竜はそれを着こんでいく。

「ありがとうございます！　えっと、伊藤先生！」

「……ほんとはねぇ、今度の休暇旅行用に準備してた宇宙服だったんだけど、開拓者から挑戦者へ、変わろうと出立《しゅったつ》する聖竜くんへの餞《はなむけ》だ！」という医師は、晴れ晴れとした面持ちをしている。

さぁ過去はもう変えてしまった。今度は未来を変えに「フェニックス・ドラゴン号」で遥《はる》かなる宇宙へ出発だ！　フォトンことフェニックス・ドラゴンが友達たちを受け入れ、限界まで体のサイズを大きくトランスフォームさせていく。

「あのさ、〝号〟って何よ、いったい？　あたしは宇宙船なの？」

「ふん。どうやら聖竜は船長フェチでもあったらしいぞ」

ローグが久々に皮肉ったところで、翼を大気圏内飛行用に広げたフェニックス・ドラゴン号が、騒然としてきた観測所から、勇躍《ゆうやく》に昇竜と化し、まばらな白雲の海へ突っこんでいった。

だが聖竜はまったく安心していない。「友」を信頼していないのではなく、これから未来世界への、タイムトラベルが待ち受けているからだ。意図的に新型ワープ装置の設定を変則的なものとし、人工ワームホール（時空間のトンネル）を発生させねばならない。危《あや》うい手だ。

すでにフェニックス・ドラゴン号は地球の大気圏を離れ、ローグとジャンクミーネは息もぴったりに、皮膜《ひまく》がみえるほどの、タマゴ型をしたシールドを張ってくれている。迷ったときには、前に進むものだ。ローグの体を使い、未来世界の精密な年代特定をしたのち、聖竜は即席の設定を終える。

「行こう！　未来世界へ」

未来からの使者ふたりは、片道切符だったはずの旅が変わり、微笑みをうかべていた。しかしそれも、聖竜が装置を働かせる前までだった。タッチした瞬間、フェニックス・ドラゴン号を含む全員が凍りついていく。星々がまたたく光景がブラックアウトした！

「うわわっ！」

重力のコントロールは喪失《そうしつ》、大気を保持していた皮膜も喪失！　ボンッと音を立てて、聖竜の気密宇宙服が膨張し、辺りが無重力の真空状態になったとうかがい知れた。もし、素の人間姿でいたら体は内圧で膨れ、爆発していただろう。

「ま、まずいぞ！」

凍りつき、なんの制御もされていないフォトンの体がゆっくり回転を始め、聖竜はウロコの一部に宇宙服の安全用フックを引っかけ、散り散りに飛ばされていきそうな、ローグの足、ジャンクミーネの肉厚な手を掴んだ。命がけでバラバラに離れそうな、みんなの体を掴まえた。だけど安全用フックを引っかけたウロコがじわりじわりと、はがれていく。こんな状態は長く維持できない！　命運、いや悪運も尽き、ここまでなのか――。歯を食いしばり、聖竜は最後の最後まで、寄ってくる死に神と戦った。

と、急に電源が切れるよう、聖竜の意識は闇色に途切れた。

2　絶体絶命！　タイムトラベルのワナ

ババババ、バリーン！

破裂音がとどろき、どこからか「全システムダウン！」との金切り声が聞こえてくる。ケガを負った竜人タニアダッキは「竜狼」に抱き起こされたが拠点の天井は落ち、声を出す間もなく、ふたりはがれきの渦に呑みこまれていった。

（僕もレジスタンスも、ついに最期のときかな？）

竜人タニアダッキをふくめ、「竜狼」ともハナから覚悟はできている。だが、地上まで貫通してしまった天井の合間から、ナニか大きく優雅なモノが見えてきた――。

「あっ、あれは……い、いったい何だ！」

「またモルドの攻撃か？　兵糧攻《ひょうろうぜ》めにするのでは、なかったのか？」

こんな大声が聞こえ、顔だけどうにか起こした竜人は、この姿形こそ大惨事発生前に、ホログラム博物館で見たことのある存在だと確信した。

「……ち、違う。あのお姿は――」

生と炎、あふれる光の象徴たる不死鳥・フェニックスと、少し古めかしい容姿だがドラゴンが混ざった生き物。そう、前触れなく伝説に記されたフェニックス・ドラゴンがすぐ上空に現れたのだ！

しかしトラブルに見舞われたのか、雅《みやび》な翼もまったく動かない惰性《だせい》飛行をつづけ、これでは周囲のモルドたちの格好の餌食とされてしまう。相棒の「竜狼」、その肩に腕をかけ、目いっぱいの気力で身を起こした竜人タニアダッキは、残りひとつとなった予備システムへ、全エネルギーを投入する操作をした。

これで突如、現れた美しい奇跡の生き物へ信号、いわば刺激を送れるはずだ。ど、どうか……どうか、眠れる奇跡よ、目覚めて欲しい！　竜人は自分でも驚くほど、スムーズな操作ができ、やり遂げられた。

「我々、最後の残存エネルギーと、……すべての者の心からの祈りを捧げれば、希望は必ずや

――」

竜人は独り自嘲《じちょう》していた。もはや辺りは暗くて何も見えない。もう何もできない。無情にも残存エネルギーはゼロとなり、レジスタンスの拠点は暗闇の中へ落ちた。やるだけやったんだ。悔いはない。さらば！

だがこの世とは魂の修行の場だと、ある宗教では説《と》かれ、そのとおり竜人タニアダッキも例外ではなかった。直後に、にぶい電子音から鋭い電子音が鳴りだし、ダメージの激しい拠点内部が明るくなってくる。照明がこうこうと輝き、レジスタンスの仲間たちに希望の光を与えた。

「な、なにが起こったのだ？」

総司令の言葉は伝達され、人型のオペレーターが拠点へ向け、届いたらしいメッセージについて声を大に口にする。オペレーターはあの悪友の皮肉に、驚きを隠せていない。

「このローグ様の眠りを、さまたげた者は許さない、……というメッセージが入電してきました！」

「なに、ローグ。あのローグのことか？　モルドの母星を爆破しに行ったのではないのか？よもやそれを恨んで我々を……！」と総司令までもが絶句し、悪友の言葉を真に受けてしまっている。

ローグめ、このボク、竜人タニアダッキさまに感謝しろよ――。

何らかのトラブルは解消したらしく、巨躯《きょく》を自在に、なにより優雅に舞わせるフェニックス・ドラゴンが、こちらを兵糧攻めにしていた連中を、しなれる尾や怒れる強烈な口と腕で叩き落とし、蹴散らしていた。

ローグ以外にも仲間が居るらしく、プラズマっぽい光の刃が方々へ撃たれている。しかし威力が足りていない。タニアダッキと同じことを考えたのか、その刃の主は、拠点に群がる連中の目つぶしに、徹するようになった。

ドドン！

そんなところへ、巨体で飛翔するフェニックス・ドラゴンのこぶしがキマる！　めりこむ！

相手を快心の打撃で吹っ飛ばす！　どうやらエネルギーの申し子たるジャンクミーネのジャミング行為（妨害）で、敵対連中はエネルギー・シールドを無効にされているみたいだ。

「ガァッ、ウガァァァァァァ！」

これが伝説に残るフェニックス・ドラゴンの雄たけび。なんて詩歌《しいか》さながらに美しいうなり声なんだ……。竜人は伝説のうなり声に、惚《ほ》れ惚れとした気持ちになった。そんな竜人も見守るなか、敵対連中の兵糧攻めは失敗し、高台に駆け登って確かめてみても、もはや何者も周囲に存在しない。

さすがのフェニックス・ドラゴンたち一同は、分単位で相手をこちらの宙域《ちゅういき》から一蹴《いっしゅう》してしまった。応急処置と、内蔵型の旧言語翻訳機の設定を終えた竜人は、「竜狼」とともに、生きる伝説たちの、荒れた地への着地をみつめ、真っ先に走って出迎えた。

その先頭に立つのは、ごく普通な姿、いいや妙な鎧《よろい》を着込んだ人間だった。お気に入りのオオカミ姿をとるローグの頭を、何やらコツンとやっているところを見ると、そんなことができる関係、つまりは〝友達〟だとわかる。ローグの友なら、その人間は自分の友でもあろう。

心配そうな顔つきでジャンクミーネが「タイムトラベルの後遺症」との言葉を使い、疲れ切ったように荒地へ身を伏せるフェニックス・ドラゴンを、宝物のように、気遣う雰囲気で介抱している。

それを見たタニアダッキには、本来は存在しない世界へ行くタイムトラベルを、自然界はどう判断するのか、タブー視して罰を下すのか、わずかな懸念《けねん》が生まれた。だけど自分の杞憂《きゆう》かもしれない。

残り、元気そうなふたりが、レジスタンスの一拠点へ歩んできた。しかし、ふたりの会話内容までは理解できない。

「タイムトラベルするとき、空間が凍りつくとは想定外だった。凍ったまま、眠ったままだったらヤバかったな」

「聖竜よ、どうだったか？　オレたちからの目覚まし時計の効果は？」

「ガチで目覚ましの仕組みは必要だった。ま、感謝しとくよ」

こちらの姿をみつけたらしいローグが、まずクールさを装い、「現状は？」と見ればわかることを、お偉《えら》いさん口調で尋ねてきた。だから竜人タニアダッキと「竜狼」は、真逆の態度をとって、ローグをかつぎ上げ、抱き締め、乱れた黒い毛並みを整えてやる。

「おいおい。お前ら、や、やめろって〜〜」

よくぞ死から逃げてくれた。死んで花実が咲くものか。ローグは抱かれたり、あからさまな好意を示されたりするのに対し、聞き慣れない声を荒げ照れている。一方、息苦しそうにヘルメットをとった人間は違っていた。あの顔立ちは……！　間違いない。この惑星の創生神さまだ！

「いずれ……地球はこうなるのか。まさしく死の星そのものだな……」

暗い空へ目をこらし、穴だらけとなった「地球」を中心とした輪といえる小惑星、いいや地球のかけらを人間が眺めている。蒼茫《そうぼう》たる宇宙空間を回転しながらただよう岩塊《がんかい》は、あてのない旅をつづける孤独な旅人さながらだ。タニアダッキでさえ、そのくらいは感じており、あの大惨事さえ起こさなければ……と、前時代の出来事を苦しげに思い出した。

死の惑星・地球。現在も大気が流出中みたいで、かつ、灰褐色の荒れた肌をみせる星は、もはや命を誕生させることも、育《はぐく》んでいくこともできず、完全崩壊のときを待つばかりだ。だが

ない。

伝説の人間は、ところどころにある緑地に目を向け、決して、あきらめた顔つきはうかべてい
「ねぇ竜人さん。地球は……がんばってると思うかい？」

「がんばる、でありますか？　緑地帯や大規模な水たまりは、増えているような、ボクの目の錯覚《さっかく》のような……」

「……がんばれ。もっともっと！」

そんな念のこもった声を聞くと、タニアダッキも悔しくなり、マズルをグッと閉じた。と不意に自分めが、恐れ多くも再び声をかけられる。

「いったい、何がこの地球に起こったのかな？」

「そっ、それは……。そ、創世神、サクラバシセイリュウさま……」

「あのさぁ、僕はただの人間だし、君たちから見れば原始人なんだから、もっと気楽にいこう？　普通でいいよ。いつも原始人呼ばわりされてるんだから」

な、なな、なんたること、誰が「原始人」呼ばわりしたのかお尋ねすると、苦笑いとともに礼儀知らずなローグを指さされる。あわてたそぶりのローグをよそに、タニアダッキは「竜狼」に目配せし、無礼を詫びるまで引っぱたいてやった。

「くそっ、聖竜め。ここぞとばかりに、神様ぶりやがって！」

「まだ言うか、無礼者！」と平身低頭の体《てい》のまま、竜人はどやした。

このつかの間の愉快なときも、終わりを告げた。黄金色の輝きこそ放つけれど、形が定まらないエネルギー生命体がやってきたからだ。竜人は身構えたが、なぜ総司令が姿をカムフラージュしていたか、わかる気がした。

総司令はエネルギー生命体だから、定まった姿がない。これでは偶像崇拝《ぐうぞうすうはい》とは違うものの、その姿に信用のおけない者も出てくるだろう。

「わしはここの総司令デビッドだ。すまないが大惨事とは、とくに我々エネルギー生命体の過信が招いた事態なのだ」

「いいえ、自然の摂理《せつり》だった地球のミニ氷河期《ひょうがき》入りを、むりやり変えようとしたのも一因です！　あのとき、あの時代は世界中が平和ボケして、ゆるみ切っていた！」

しゃがれた声の総司令に対し、怒った口調で竜人は、一種族のエゴが招いた大惨事ではなかったと、強く補足説明してきた。古代の恐竜が滅んだように、地球へ向けて、衝突軌道をたどる大型の隕石が現れたのが、ことの発端だと。

当時の科学技術では、案のひとつとしてワープ技術による、隕石の除去が立案された。その案が利害関係によって膨らんでいき、地球そのものをワープさせ、隕石からの衝突を避ければいいということになった。

ちょうど地球は太陽活動の低下から、ミニ氷河期に入ると予想されており、寒さに弱い生き物たちが「生存権」を主張しだしたのだ。

「生存権って、わざわざ。そんなもの。常識じゃないの？」と目をみひらく聖竜。

タニアダッキは丁寧に「この世界、えと、未来世界では生命は、生きる権利も死ぬ権利も明確に定義されたのです」と付け加え、話を戻した。

地球の位置を少しだけワープさせ、太陽に近づけてやれば、隕石との衝突も、氷河期入りも回避でき、過去、主に人間が打ち上げ放棄した「宇宙ゴミ」の取り巻きからも離れて、多くの種族に恩恵をもたらすと楽観視される。

そしてその、ゆるんだ考えと姿勢とが、この世の怒りを買った。

過信していたエネルギー生命体はコンバート・エメラルド抜きに、地球自体をワープさせる力を抽出しようとし、そのコントロールに失敗した。それでも、むりやり引き出したエネルギーは、他の種族たちが完成させていた大型ワープ装置へ流れこんでしまう。

だがしょせんは遺棄《いき》すべき技術だったし、せめて改良すべき技術だった危険なワープを半《なか》ば自動的に使い、地球の軌道変更失敗ばかりか、宇宙空間のひどい亀裂だけを作った。

しかも大型の隕石は運悪く裂け目へ命中し、溜《た》まっていたエネルギーを巻きこみ大爆発した。

それは地球のオゾン層の大気から酸素、生態系の環境、さらに地球本体への強い圧力となり、星は崩壊の一路をたどったという――。

「ふーん。……ねえ、フォトンも聞こえてた？　体の具合はどう？」

伝説のセイリュウ様は仲間、いいや友か、……への気配りも忘れない。少し離れてもわかる巨体でフォトン様は、ポーズをキメて合図を送って来、バカ者のローグは「地獄耳だな」と皮肉をつぶやく。だけどローグも、しっかりと会話には参加していた。

「なぁ聖竜よ。大惨事の前にタイムトラベルすれば、よかったんじゃないのか？」

「できない。タイムトラベルには、その時代の正確な設定情報が必要になるんだ。この未来世界へ来られたのも、ローグから精密情報を得られたからだよ」と説明している間に、フォトン様がおだやかながら声を大にする。

「あたしの所へ戻ってきたら最後。きっとローグ自身が大惨事になるかもねぇ？」

こう威圧し「皮肉」をかみ砕くよう、とがった口をパクパクさせている。竜人はそんなやり取りを見、ウロコの手と手を叩き合わせた。あのような口ぶりは、フォトン様こと確かヒカリ様そのもの。伝説の女神様はまだ、恐るべし牙をみせつけ、怒りのしぐさで応酬しているけれども……。

「ええっと、その惨事とモルドとの関係は？　僕が聞きもらしたのかな？」

「いいえ、モルドはこちらが弱ったエサになると、あなた方の時代からの信号を受け、信号到達と同時に斥候《せっこう》を送ってきました。つづけて広域な感染が始まりました。モルドらは宇宙空間を傷つけるワープ技術を使い、破壊した生態系に、さらにつけ入り……」

「待った！」と言われ、竜人はいったん話をとめた。伝説のお方は、離れで安楽《あんらく》な格好をする巨大な女神様へ向け、たずねかけている。「斥候《せっこう》」が確認に来た点と、この自分たちの時代に信号を放った理由が、わからないらしい。

「おーいフォトン。冷淡な先読みで僕は、斬首《ざんしゅ》されかかった経緯があるけども。……明蘭は、歴史と先を見越す確率論とかに精通してたのかな？」

「ええ。姉は有史以前の歴史に詳《くわ》しくって、いろんな物事から天気まで、よく予知してたから、答えはＹＥＳね」

このメイランことライトの名は「魔物遣《つか》いの魔女」として記録が残っている。どんな理由があろうとも、モルドへ地球の位置情報を送ったのは、この魔女だ。つづけざま、これまでモルドに殺された犠牲者の数を問われる。

「それは……、モルドの手先となって動く連中も数に入れますか？」

「いや、戦いで死傷とかじゃなく、純粋に体をモルドに侵《おか》され尽くし、犠牲となった者の数を知りたい」

「……わ、わかりません」

今まで考えたことも、統計もないので竜人は肩をすくめ、総司令も居られる手前、不用意に答えられなかった。相棒の「竜狼」にも意見を求めたものの、彼は実のところモルドへは強硬派であり、新型ワープ装置ばかりをみつめている。

たぶんモルドに対する最後の手について「自分がワープで飛んでいき、実行していい！」と考えているに違いない。伝説上のお方は、悩ましげな調子で病気の話題を振ってきた。いよいよモルド対策の切り札が提唱《ていしょう》・提案されるのだろうか？

「話をまとめると、おそらくモルドとは――」

しかしセイリュウ様はすっと立ち上がり、ローグと意味深な目配せをした。そのまま逃げ出すような体勢をとった。自分たちは見捨てられるの――？

「時計の歯車が狂うように、自然界もまた、意図的に狂わされるときがある。僕たちが目覚めさせてくるよ。さっきの刺激みたいにね。あ、そうそう。みんなはもう、モルドに空気感染してると思うから」との意味合いは、当人もモルドに感染しているということ。うなずくローグもそう。

とくにローグに対しては、抱き締めて歓迎してしまったから、接触感染もプラスされているはずだ。お相手が伝説に記されていても、この怒りはこらえ切れそうにない。周囲のレジスタンス仲間たちも怒りの形相《ぎょうそう》で、にじり寄ってきている。怒りの爆発はもはや、力のある竜人タニアダッキもとめられない。

「よ、よくも……、我ら、必死の苦労を水の泡として……」

「うーん。みんな、僕が信用できないみたいだね？」

平然と告げる、自暴自棄《じぼうじき》になったらしいセイリュウが、チラリとオオカミ姿のローグを見、その背へ飛び乗った。束縛感や他者との接触を嫌うローグにしては、とても珍しい。そんなローグがこの場から駆けだしながら、流線形のマズルを開く。

「ふふん。聖竜よ。たとえ伝説の神だろうと、すぐ信用を得られるものじゃなかったな？」

「僕はローグが、こうして信用してくれているだけで十分だ」

「……ふん。さ、さぁ、も……戻るぞ。オレから落とされるなよ！」とまたしても、照れ屋な一面を見せた漆黒色の毛を揺らすオオカミがダッシュし、力が戻ったように見えるフォトンの下へたどり着いた。

ふたりへ向けて聞き耳を立てていたタニアダッキは、最後まで呆然と、また、がく然とその後ろ姿をみつめ、追うのをやめた。どうせこの身も、魔のモルドに侵《おか》されていくのだから。

3 驚愕する宇宙の大手術

荒地の離れまで、ローグとともに駆け戻った聖竜は、開口一番、フェニックス・ドラゴンの巨躯《きょく》の汚れを払うジャンクミーネに、様子を尋ねた。

「フェニックス・ドラゴン号の整備点検は終わった？」

「こ、このっ……まだそれ言うかぁ！」

どうやら力は幾分《いくぶん》、戻っているようだが、野性的な太い指先がもたげられたので、聖竜は慌《あわ》てる。いくら「理性」があろうと、こんなサイズの指コツンを食らったら、むち打ち症にでもなりかねない。

結局、コツンと一発食らったものの、フォトンはやはり器用さと、やさしさを併《あわ》せ持ち、聖竜にダメージはない。安堵《あんど》の笑みをうかべようとしたところ、ジャンクミーネから快活さが消えているのに気づいた。

しかも聖竜がジャンクミーネを呼びとめようと伸ばした手は、幻ではなく本当にモヤモヤと、しばらくの間、輪郭《りんかく》がぼやけて不自然になった。

「い、今、僕の腕の輪郭がぼやけたぞ！　まるで消滅するみたいに！」

「そうなの」と、多種族が入り混じっているけれど、非常に端正な顔つきのジャンクミーネがうなずいた。過去にタイムトラベルし、自分の関係者を亡き者にされ、存在が消えていくという話は、映画で観たことはあるものの……。

「それ、逆なのぉ。定まった未来に定まった過去がつながっているんだよ。でもフォトンちゃんと聖竜さんは、定まった未来からすれば、異物あつかいになっちゃうらしいの」

「ええーっ！　未来の定めに存在がなかった僕たちは、異物か。こんなタイムパラドックスって——。普通の考え方と、正反対じゃないか！」

ひととき聖竜は言葉を失いかけるが、もはや定めがどうだろうと目的は達成させる！　聖竜はフォトンも励ますような形で、自分たちに残された時間を問いかけた。するとジャンクミーネは懐《ふところ》をあさり、過去から持ってきていたという見慣れた果実を取り出した。

「ヒントになるかなぁ？」

彼女はその果実の、わずかに欠けたところを、ふわふわの指先で示した。果実が完全に欠けたとき、自分たちは消滅しているということだ。フォトンが疲労感を口にしていたのも、これが原因だったのかもしれない。

「地球も実地調査していこうと思ったけど、時間がなさそうだね。みんな、僕の直感を信じてくれる？」

この問いは、裏を返せば間違っていたら一緒に死んでくれるか、というシビアなものだった。

だがフォトンは体を完全に起こし「それこそ時間のムダだぞ。……ってローグが言ってるわ」と冗談めかしてきた。当のローグは黙ったまま、フォトンの平たく広い背中にジャンプする。

ジャンクミーネは何事もなかったかのように、モルドの母星の正確な座標《ざひょう》を新型ワープ装置へ伝えてきた。本来ならふたりはこの座標で毒という起爆装置を使い、安楽な死を遂《と》げ、英雄になっていた場所だ。だけどちょっと待って！　もし、未来が定まっていたとしたら……！

案の定、ローグたちの体までもが一部、不自然にちらつくときが出てきた。これは最悪の事態でありながら、吉兆《きっちょう》を示している。なぜなら、このまま考えをやり抜けば「定まっていた未来が変わる」ことを意味するからだ。

聖竜は腕で担いでいたヘルメットをかぶり直し、フェニックス・ドラゴン号の首元の定位置へ体をあずけた。みんなの準備ができたのを見計らい、勇を奮って号令を放つ。

「行こう！　誰も見たことのない前人未到《ぜんじんみとう》なるモルドの母星へ！」

「聖竜よ。全波長のシールドは最大だぞ」

「重力は安定中ねぇ」

各々《おのおの》の声が頼もしい。聖竜は「恐れ」が出てくる前に、自分も仲間に加わった。

「新型ワープ装置を稼働させて――」

装置をタッチした途端、即座に時空間がゆがみ始めた。とてつもないエネルギーの、乱れたバーストを受け、五感からの刺激がなくなる。ワープはいわばドアを開け、まったく毛色の違う部屋へさっと移動するのと同じだ。

神経や意識の混濁《こんだく》もわずかな間に解決される。すべて正常に戻る。そのはずで、機械的にはそのとおりになった。「超」瞬間的にガラリと別の場へ移動したのは、わかる。

ところが「正常な感情」とはどんなモノか知らないけれど、感情面の半《なか》ばマヒに近い仰天具合は、ひたすらにつづく。ワープは呆気《あっけ》ないほど一瞬の出来事だったのに——。

聖竜はこれまでいろいろ見てきたし、てっきり「モルドの母星」というから、よくてリングの大きい土星みたいなモノ、そんな星を想像していた。だけど現実は違う。

「フォトン、よ、避けて！」

こう叫ぶので精一杯だった。フォトンは卵型のシールド表面に妙な汁を垂らし、右舷《うげん》へ大きく身を傾けた。なにか妙な、濡れ濡れのパイプ状のモノが垂れ下がり、行く手を阻《はば》んでいる。

「ここはどこなのよ？　聖竜、設定は合ってるのかしら？」

「うん。空間の座標は、あの地球から数十光年、離れてるし、新型ワープ装置にも異常はない！」

うなずき、早口でまくし立てたが、シールドの大きさは見る間に小さくなっていく。凹凸《おうとつ》の少ない宇宙船なら、大した問題にはならないが、フォトンは手足も長い尾も、おまけに角まで生えている。

「あたしたち、ほ、ほんとに宇宙にいるのかしらね?」と、フォトンの弱々しい声が聞こえてきた。

そのとおりだ。一帯には中央部を護《まも》るよう形で、ロープと似た小腸みたいな濡れたモノが垂れたり、うかんだりしていて、一歩、間違えれば「サルガッソー(宇宙船の墓場)」のようにそれらに絡まれ、本当にフェニックス・ドラゴン号の身動きは封じられてしまう!

そんな得体の知れないグニュグニュしたモノが爆発するような勢いのまま、そこかしこで這《は》いまわるかのごとく、うごめいていた。これが成長してしまったモルドの正体なのか? いいや、どうも違う気がする。

「恐れるなフォトンよ。獲物をさばく要領で先へ進んでいくのだ」

「やーん、ローグ。それ、いやなたとえ方よね。変な粘液がいっぱいでベトベトよ」

ローグは獲物をさばいたことがあるのか、どこか興奮気味だし、フォトンはふたたび手足や体をベトベトにしてしまっている。自分の勘が的中しすぎていたのかもしれない。

ふとジャンクミーネが震え声で、手にしていた物について伝えてきた。異物あつかいという異常現象に加え、つづけざま「異常宙域」の出現だ。むりもない。

「果実の四分の一が消えてしまったのよぉ」

「まだ大丈夫だ」と聖竜は、あえて大げさにうなずいてみせた。

ジャンクミーネのふわふわした肩に両手を乗せて元気づけ、途中でフォトンがドラゴン特有の「近距離レーダー」を働かせる。彼女いわく、まもなく視界が開けると、妙なモノを力強い腕でかき分けながら、教えてくれた。

「いいわね、みんな？　中心まで3……2……1」

「こっ、これは――！」

とうとう中心部まで突き進んで多少、視界がひらけた。こちらの突入に対し、フォトンの巨体と引っ掛かる形でまさしく、粘液《ねんえき》まみれの臓器、そう、これは生き物の臓器そのものだ！

それらが宇宙空間へあふれ出て「心臓」とも「脳」とも見える器官がピクピク脈打ち、闇色の宙《ちゅう》へうかびあがっている。

うごめく臓器同士をつなぐ「血管」のネットワーク網が張り巡らされ、半透明なその中を、今度こそ「モルド」の液と言えそうな、緑色のものがドクドク流れていた。

ただ「血管」とは異種と思える神経のネットワーク網が、黒く大きな醜《みにく》い塊に「浸食」され、壊されつつある。これは……、巨大な病巣《びょうそう》に違いない――。

《……立ち去れば良し。去らねば苦痛に満ちた万物の死が待ち受ける》と耳を痛めるほどの声が脳裏《のうり》に響く。両耳を手で塞《ふさ》ぎながら、聖竜は首を横に振るった。

「万物へ死を与えているのは、モルドへ癒着《ゆちゃく》するお前だろう？　こいつがすべてを狂わしていた元凶か――」

「なるほど。大いなる不届き者とは、こいつだ。こいつは食えんがな」と、こわばった感じのローグがつづく。

宇宙サイズの臓器類を前にひるみ、体には震えが来たが、聖竜はぎりぎりいっぱいの虚勢《きょせい》を張った。目の前にそびえる宇宙が、そして自然界が備えた浄化《じょうか》機能こそが「モルド」なのだ。七色のバケモノ巨人からは間一髪、奇跡が起きて救われたものの、あれはモルドを含む土台たる生き物たちの「理性」こそが成せるワザだった。

まさに「理性」は単なる「知識」と違い、食うか食われるかの生態系、その底辺に位置していても、逆に頂点でも発揮できる。どんなに優れた力を持とうが、エネルギー源や攻撃能力を持とうが「理性」さえあれば、強大な力をも、やさしさや思いやりへと導けるから。

「モルドはこの宇宙が持つ自然浄化機構、この僕がケガしても治されていくような環境の治癒《ちゆ》力《りょく》として働く、心強い生命の土台だったんだよ！」

「……あの、聖竜？　そういえば明蘭姉さん、言ってたわ。古代文明はモルドを侵略の細菌兵器にして、自滅させられたってね。古文書に〝モルド〟の記述があったみたい」

「やはり、ってところか。で、今、体外臓器の大宇宙機構へ癒着《ゆちゃく》し、好き放題、あやつろうと企《たくら》む、お前はガンの病巣《びょうそう》、兼、悪の首魁《しゅかい》ってところだな？」

そう。巨大で黒く醜い塊へ、まっすぐ指先を突きつけた聖竜は、巷《ちまた》でよく言う「体内の小宇宙」こと「肉体」をもじって、相手をガンだと診断した。これから、自分があの白衣の専属医師となり、ガンの病巣相手に戦わねばならない！

（ううっ、く、苦しい！　わ、わたくしには神から与えられた、し、使命が……、そ、それが、できない。うっ）

大きなハープを奏《かな》でたような声色の荘厳で美麗な、でも痛々しい声は、聖竜が見回すと、みんな耳にしたらしく、決意のこもった瞳でうなずいてきた。今のが「理性的」に振る舞えるモルドの化身たる声に違いない。まさしく母なる星の声だ。しかしこの場に医師はおろか、医療従事者すらいない。

悩んでいた次の瞬間だった。汚らしい音が響き、辺りを探るとみんなを護《まも》るシールドに、あの巨大ガン病巣が排泄物《はいせつぶつ》を噴きつけていた。しかも排泄物は、強酸性らしくシールドの一部がジリジリと溶かされ、ガス化し始めている！

「こうなったら攻撃するのみだ！」

聖竜が声を荒げたとき、宇宙のガン病巣が高笑いで応酬《おうしゅう》してきた。相手は物が擦《す》れるときの、あの不快極まりない声色に近い。

《いいぞ、早くやれ、やれ！　力対決ではたぶん貴様らに負けるだろう。だが知識こそ真の力なるぞ。むりやり俺様を引き剥《は》がせば、癒着《ゆちゃく》部分が破れ、この宇宙のモルドや寄生した生命体が道連れになる。母なる星は死ぬぞ？　ふはは、どうだ？》

「くそったれ！　確かに知識だけは仕入れてる厄介《やっかい》なガンだ。ここで頭打ちか？　時間もどんどんなくなってきてるし」

焦った聖竜は、半分の状態にまでなっている過去の果実を見た。自分自身もなんだか、存在感がうすれてきたような雰囲気すら感じる。

きっとみんなも同じ気持ちに違いない。身を乗り出してきたローグの皮肉でも聞いて、元気をだそう。しかしローグは皮肉を口にしに来たのではなく、得意満面といった顔つきをし、棒立ちのジャンクミーネを、濡れた黒い鼻先でグイグイ押し出してくる。

「おい聖竜よ。オイシイところはジャンクミーネにもってかれたぞ」

「へ、オイシイ？」

「そうだ」

このあと聖竜は、自分みたいな「特技能力ひとつだけの技術バカ」のままで満足せず、もっと多くのワザを学んでいこうと本気で思うことになった。なにせジャンクミーネは、持ち前の多種多様な特殊能力をまたも発揮し、しっかり握手を交わしていた専属医師に、姿はおろか

「中身」まで同一に、なり変われるというのだ！

「聖竜さんは戦いを決意したの。だからねぇ、誰かがケガしたとき、何もできないとたいへんだーって、わたしね、そう思ったの」

「だからお医者に……。まさしくそのとおりだよ」

うなずく聖竜。この間にも、明るく快活な声がだんだんと、あの医師のちょっとダンディーだった声色へと変わっていく。最終的にジャンクミーネは、姿はもちろん、白衣をまとう専属の伊藤医師そのものに変身していた！

「うわぁっ！」

しかし激しい衝撃がフォトンの巨体を揺らす。敵襲だ！　相手は、半透明でギザギザの口そっくりな開口部を備える円盤型の浮遊物だ。それも大編隊でサイズは小岩ほど！　果敢《かかん》にローグは浮遊物を威嚇する。

「おい聖竜よ！　大砲で小さなモノを迎撃するのは、難しいぞ。フォトンでは対処できない」

「だけどもう、引き下がれない！　これが最後の戦いなんだから！」

この大宇宙が人間のように、自分自身を治癒する力を持つのは、わかった。目の前にうかぶ惑星なみに大きい臓器似のそれらが、その力の源《みなもと》だ。宇宙を育《はぐく》む母の一部なのかもしれない。

ただ肝心のモルドが侵されたのと同じく、たぶん人間でいう白血球だろう。キラーT細胞でもいい。そんな免疫系《めんえきけい》までも、おかしくされているようだ。自分たちは異物やバイ菌と誤認識され、……白血球たちは身を捨ててでも排除しようと「食いに」来ている！

「その場しのぎだけど……！」と、伊藤医師が白衣の大容量圧縮ポケットをあさり、何かをセットし、大きなフォトンの手へ渡した。今は、ゼロ、コンマ、一秒でも惜しい。ともに理解してくれているフォトンは、黒く醜いガンの病巣へ超高速でそれを叩きつける。

《ぐぬぅ！　こ、こんな……も、ものなぞ……》

〝伊藤&ジャンクミーネ医師〟いわく、一時的な麻酔薬《ますいやく》をかけたという。機を逃さずフォトンは、巨大ガン病巣ぎりぎりまで近寄り、医師は癒着部位《ゆちゃくぶい》の剥離《はくり》と、切除手術に入った。サイズが大きいので肉眼で剥離《はくり》作業はできるけれど、患部が巨大すぎて少々、時間がかかるとのこと。

「力作業はあたしも手伝うわ！」

フォトンの咆哮《ほうこう》とともに、悪魔のガン病巣と独立しているらしい、目視できる一部白血球が牙をむいてくる。聖竜は必死の思いでプラズマ・ガンを撃つ。だが未来世界では時代遅れの代物《しろもの》で、プラズマの出力が小さすぎる。ぜんぜん歯が立たない――。

「ったく、世話のかかる奴め！」

うなるローグが跳ねて回転し、体当たりで相手を蹴散らしていった。そのままローグはフォトンから距離をあけ、一部白血球を、拡大させたシールドへ引っ掛けて刺激している。ローグは現代では最新技術のデコイ（ダミーの的）の役を、自《みずか》らこなすつもりなんだ！

ひと握りの、今は危険な白血球が群れをなし、ローグの後ろを追従していた。しかしみんなの応援をしている間はない。こちらへ〝はぐれ白血球〟が来襲してきたのだ。殺《や》られる恐怖に体が反応しているのか？

とめどなくあふれ出てくる開拓心というか前向きな力を今頃、感じる。そう、やり残しはしたくない！

「ちっくしょう！」

ヤケ気味に聖竜はふたたびプラズマ・ガンを撃った。途端、猛爆音がとどろく。な、なに！プラズマの威力までアップした——？

ここでまた、大きなハープを奏《かな》でる風格の、荘厳でいて美麗な声が脳裏へ、高原の風のごとくスムーズに広がった。

（わたくしの化身を体の中に持つ勇者たち。わたくしの分け与えし力を、より良く活用できる開拓者たち。わたくしも自分と戦います。負けない。ですから——）とその美しい声は再度、前触れなく途切れた。

綺麗好きなフォトンが粘液にまみれようとも、病巣から排泄物《はいせつぶつ》が飛び散ろうとも、嫌がらず医師と一緒に魔の病巣を切除《せつじょ》し始めている。自分たちと同様に、単なる力以外の〝集中力〟も分け与えられ、アップしたようだ。

「いける！　あと少しでいけるぞ」

てきぱきと手術を進める伊藤医師の、力強い声が伝わってきた。鋭いフォトンのカギ爪は、今や大型のメスと化している。麻酔《ますい》をぶつけてはいるけれど痛みとは宇宙共通なのか、こらえながら声の主は気絶したのに違いない。

そして重要なのが、相手は「わたくしの化身」と言った。つまり化身とは「モルド」のことだ。この身もローグも、モルドに感染、いいや、取り入れた存在なのだから、その主から力が分け与えられたんだ！

「凄いゾ。こ、この声の主こそ、モルドの親分で……」

「おい聖竜よ。主は山賊じゃないんだ。親分じゃなく女王とでも呼べ」

言い返してきたローグはまるで、宇宙空間に崖が存在するように、方々へ跳ね、白血球へ体当たりを食らわせた。激突、激突、激突！　ますます相手を刺激し、追わせる白血球の群れを大きくしている。

命中、命中、命中！　もちろん聖竜の方も負けていない。フォトンたちのジャマをする相手へプラズマ・ガンの刃を食らわせていった。フォトンと医師に支障が起きないよう懸命の護《まも》りをつづけ、摘出手術はいよいよ最終段階にまで進んでいた。

ところが聖竜は、そして離れのローグも見てしまったかもしれない。過去の果実の残りが、もうわずかになってしまっていることを――。ここで自分たちが消滅してしまえば、何もできなかったのと変わらない。

仮に、病巣を切るふたりへの護《まも》りがなくなった瞬間、残存白血球たちは、総攻撃でふたりへ食らいつきに来るだろう。そのまま全滅だ。生態系の良き土台役が本来の使命のモルドも、また巨悪なガン病巣に狂わされ、あやつられ、宇宙のあちこちで惨劇《さんげき》が起こる。

分裂しているせいか、白血球の数は圧倒的多数だ――！

「これまで楽しかったぜ、聖竜。さぁオレごと撃て。エネルギーの連鎖反応が起きるように宇宙へ爆薬は仕掛けたからな」

「……そんなこと、で、できない！　できるわけないだろう！」

「できないことをやるからこそ、開拓者であり英雄様なんだろが！　そのために白血球どもを、ここまで密集体形にさせたんだ。オレの行為を活《い》かしてくれ！」

時間もない。選択の余地もない。もはや虚無感しかない。だけどこの自分は……！

「ぼ、僕は開拓者でありつづけるんだ！　ありがとう、ローグゥゥゥ！」

グッとプラズマ・ガンの引き金に力を入れた。そして、瞳からあふれ散る涙は放っておき、指へ力をこめる。非情にもプラズマ・ガンは聖竜の命令に従った。まばゆいプラズマの筋がローグを、仲間を、……大切な友を襲う。直後に一帯がイナズマさながらの輝きに包まれた。ローグが伝えてきていたとおり、飛び跳ねながら、エネルギーのトラップを宇宙空間へ仕掛けていたらしく、連鎖的なとてつもない規模の誘爆がスタートした。今は敵対関係の白血球が次々につぶれ、ちぎれ、連続爆発すらしていく。

「くくっ！」

やがてフォトンの周囲に作られたシールドの皮膜が劇的に震え、耳をつんざく巨大な爆発音がすべてを締めくくった。これでこの辺り一帯は静まり、落ち着きを取り戻すだろう。激しい虚《むな》しさを、もたらしながら……。

またしても戦乱で「ローグ」を失うという、悲しみに暮れる聖竜は、剥離《はくり》手術も大詰めなのに、不謹慎にもクスクス笑う低い声を聞き取った。いったい誰だ、こんな不謹慎なバカ野郎は！

「わ、笑うな！　撃つぞ！」

「このオレでもか？」とすぐそばに、黒い毛並みは乱れているけれど、まぎれもなくローグが四足で悠然と立っていた。しかも、どこにもケガは見当たらず、相変わらずの〝皮肉〟も健在で変わらない。

「どした泣きべそ聖竜？　撃てとは言ったが、オレは自爆するとは言ってないぞ。おい、オレに甘えて、よしよしでもされたいのか？」

「ロ、ローグ！　……そ、そうだな。もちろん甘えたい、よしよし、してくれるんだろうな？」と破顔《はがん》した聖竜は、ギョッとした感じのローグへにじり寄った。自分はウソつきじゃない。だから言葉の半分は本気だった。

両腕を大きく回し、聖竜はまさしく筋骨隆々《きんこつりゅうりゅう》の見本みたいな、野性的で勇ましいローグを抱き締めた。観念したようでローグ自身も、激しくきつく抱かれ、聖竜から涙をかけられても、されるがままになっていた。でもひと言、チクリと聖竜の心を刺してくる。

「ほら、どうした？　においフェチ。オレの、においは堪能《たんのう》しないつもりか？」

「フェチって言うな。好きって言葉、使えよ」

強く告げ、ローグのとがった耳が立つおでこを、コツンと一発叩いてやった。もう、このコツンも愛情表現のひとつとなり、察しているふうなローグは別段、やり返してこない。

しかしこの世とは情け容赦を知らない。弱った者、ハンデのある者はとことん痛ぶられる運命なのか、手術終了の直前に火急《かきゅう》の事態が起こる。あれだけ倒したはずの白血球に、キラー細胞似のモノ、その他、臓器そっくりな母星の免疫系《めんえきけい》が、気のゆるみにつけこみ、集結していた。

「なっ……、僕たちが甘かったか」

作ってだな……、ウガァ！」

一瞬、とうとう免疫系の攻撃が始まったのかと感じた。だがローグは「は、吐き気が、急に……」となり、聞いていたらしいフォトンは自分の背中で吐いたら、宇宙の外まで投げ飛ばすと長い首をめぐらし、がなってきた。

ところがローグに苦しむ様子は見られず、カパっと開いた口から、半透明の体をし、翼を生やした小さな小さな「天使」そっくりな生き物が飛び出てくる。

「まぁ、なんてクリクリな、かわいい子♪　ローグの赤ちゃん？」

「バカぬかせ！　性の多様化はあるが基本、オレは独身で雄だぞ！」

きつく威圧していたフォトンの考え変わりしたような、おだやかな第一声と、まさしく狼狽《ろうばい》したローグの声だった。驚いているのかローグの否定の仕方も滑稽《こっけい》だ。ここで聖竜はバッチリという具合に指を鳴らし、自分の推察を口にしてみる。

「モルドは最初、単なる有機物《ゆうきぶつ》で生き物じゃないんだよ。ウイルスと同じく感染こそするけれど、そこでちょっと力を借り、自分自身を生き物として形作る。そして生態系上位者の補佐をしながら土台として、一緒に壊れた自然界を、環境を、汚染を、治していくんだ！」

「ふん。姿こそ天使似だがな。こんな連中と同じ畑を、耕《たがや》せるものか！」

どなったローグの周囲に、フォトンやこの自分、そしてジャンクミーネの体内で育ったモルドが輪を作って飛び出し、説得のための何かを伝達しているようだった。

「えぇぃ、ちくしょー！　わかったよ。耕《たがや》してイモ掘りでもすりゃ、いいんだろう？」

こんな行為は、もしモルドが、ただの生態系の土台だったらできない。たぶん聖竜やフォトン、ジャンクミーネの中で育ったモルドたちは、生態系のどの位置にも対応できるに違いない。でも基本は土台からのやり直しを〝補佐〟してくれる、これぞ本物の神の遣《つか》いだ。

ここまで分析できたのに、検証する時間がない。まったくない。狂える絶望的多数の免疫系が、総攻撃してくる寸前だから――――！

シールドの皮膜を震わす轟音《ごうおん》が響きわたった。いよいよ攻撃が始まった。その場しのぎの「ワープ航行」をし、逃げ出すことはできる。だけどそれでは、モルドの女王を見捨てていき、宇宙のガンはまたも転移し、ローグが予見した惨劇《さんげき》だけが繰り返されるのだ。

もはや切り札はない！

再度、連打するような猛爆音が轟《とどろ》く。シールドは、いや、自分たちはいつまで持ちこたえられるだろうか？　再び爆発音だけが耳に入った。聖竜は自然と閉じていた目をこわごわ開き、現実をしかと目にする。

「こ、これはいったい全体、ど、どうなって――――！」

「来たか、ドラカミ野郎！　オレはな……」となぜか、うれしそうなローグの言葉を、その相手で、おそらく「ドラカミ」自身がさえぎった。近くで侵《おか》された免疫系をつぶすレジスタンスの拠点に居た「竜狼」は、むくれた顔つきをしている。

「単純すぎる名をつけた親を、俺は呪いつづける定め」とエネルギーの波動を放《はな》てるらしく、シールドを震わし声にしてきた。

「だな。でもよ、お前の名前、覚えやすかったぞ」

ローグが皮肉で、火に油をそそぐ。なるほど、竜＝ドラゴン、狼＝オオカミで「ドラカミ」というわけか。そして一帯へ来ているのは「ドラカミ」だけじゃない！

モルドとともに狂わされ、暴虐《ぼうぎゃく》を働いていた地球種の生き物たち、レジスタンスの仲間たちが一斉に現れ、侵された免疫系と一大バトルを繰り広げていた！

「考えを一新し、モルドのために戦うのも、また定め。やっ！」

ドラカミの一撃がキマり、負けていられないとばかりに、ローグも飛び跳ね、鋭い爪と牙の攻撃を加えていく。亀裂、爆発、圧壊、粉砕！

いたるところで怒涛《どとう》の決定打が披露《ひろう》された。不定形で、アメーバ状のモノが多い免疫系の立場は逆転していき……、ふと誰かの野太い声の指示が、シールドの皮膜を震わす。

「皆の者。ガンの病巣に侵《おか》された免疫系だけを、狙い撃つんだ！」

「おうよ、行こうぜハズキ！」

「はい、ソルさん！」

あまり好まないけれど、この場は力と力の戦場と化していた。非力な自分に肉弾戦はむりだ。でも弱い者を護《まも》るための、肉弾戦のワザは必要だろう。フォトンもアゴを割り、侵《おか》された複数の免疫系を木っ端《こぱ》みじんにしている。

「あたしに排泄物《はいせつぶつ》を噴きつけてくる、おサルの大将さんにはお似合いよね！」

（フォトンはまだ、根に持っていたのか……）

ゴォォォと音が響き、フォトンはそれらを焼き払い、終了としていた。こんな大乱戦に、正常な状態の免疫系が加勢に入った。本来なら顕微鏡《けんびきょう》でも見づらい、キラーT細胞らしきモノがガンの病巣を丸呑みにして自爆する光景を、聖竜はしっかりと目に焼きつけた。

いつか……いつの日にか、自分も他人を護《まも》るため、命を差し出せるようになりたい。そうして正常な免疫系が目覚めたということは……？

（ええ、そうです。長くひどい悪夢から、わたくしも目覚められました）

「モ、モルドの女王さま！」

（……女王との意味合いは少し違いますけれども、そう念じていただいて結構です）

重厚なハープを華麗に高く奏《かな》でるような声が、脳裏へ応じてきた。モルドの主、モルドをつかさどる女王さまの登場だ。

（わたくしが病のせいだとは言え、自然界の秩序《ちつじょ》を壊す存在になろうとは……。さらに自然界が産みし者たちに、逆に救われるとは――、夢のようです）

「すべて現実です。どうですか？　僕たち俗世のごく普通な生き物も、けっこう……やるでしょう」

物おじせず聖竜は答える。この場のみんな、さらには〝友〟が頼もしく、お相手の存在に対し聖竜は「ビビる」ことを忘れた。見た目こそ宇宙にうかび、脈打つ臓器みたいな相手だけれど、そんなお相手が幻の女王たる笑みをよぎらせる。確かに聖竜は、万物不変《ばんぶつふへん》なる笑顔を感じとった。

（うふふ。笑顔ですか？　あなたに、そう、聖竜さんに、モルドに関する説明は要りませんね。天《あま》の川銀《がわ》河の太陽系、惑星・地球はきっとよみがえり、また、栄華《えいが》を取り戻すでしょう）

「あれっ。どうして僕の名を？」

（そうですね。聖竜さんも、笑顔が勇ましいからですよ）

照れの感情にめっぽう弱い聖竜は、技術的内容へ急きょ話題をそらした。しかしこの会話で、この旅路が終わりへ向かうとは、考えてもいなかった。すでに過去からの果実が消滅していることに、聖竜は気づいていない。

「ワープ航行が宇宙を切り裂くとの話だったのに、みんな普通にここまでワープしてきてますね」

きっと病巣だったガンどもが「得意」とする、正常なものへの狂える攻撃指示に、従わされていたんだろう。大いなる者、母星からのメッセージはつづいた。

（聖竜さんは開拓者なのです。最初は「獣たちの開拓者」。次は環境にやさしいワープ技術の開拓者となりました……。きっと皆さん環境について、ちょっとだけでも、考えてくれるようになるでしょう。それが重要です）

「え、ちょっと待ってください。開拓者って……、あんな急ごしらえしたワープ技術が？」

（必要は発明の母なのでしょう？　わたしたち自然界もお手伝いはしました。ですが聖竜さんは信念で「定め」すら変えられる。あなたは大宇宙の異端なる生命体）

褒《ほ》められているのか、ローグみたいに皮肉られているのか、悩ましい会話となった。ただ、モルドたちの女王さまは、シビアな補足も付け加えてくる。育ったモルドの寿命は五〇年。だからその期間内に壊した（壊れた）環境や自然界を「耕《たがや》し終える」必要があるという。

これは宇宙規模で考えれば、あまりに短い期間だ。たとえば放射能汚染だったら、半減期《はんげんき》（威力が半分になるまでの期間）が数万年の場合もある。新エネルギー技術で〝ついこの間〟一掃《いっそう》したばかりだが、人類は未来への負の遺産をすでに作っていた。

生態系の土台を、奴隷のように思っている者も多いし、生き物の考え方は、すぐには変えられない。

この思念はモルドたちの女王さまにくみ取られ、「モルドは誇りを持ち、すべてを肥沃《ひよく》な土に変える仕事をします。それ以上に、土台の存在に気づいてくれただけで、モルドたちは報《むく》われます」ときっぱり断言されてしまった。ぐうの音《ね》も出ない。育ったモルドは期限付きの「神さま」だ。

しかもモルドは最初、生命体へ寄生し、その状態はつづき、ポジティブだろうと、ネガティブだろうと、そんな心の動きを成長のエネルギー源にしているらしい。

愛犬でも愛猫でも、主人と遊んだり散歩したり、生き物がそんなポジティブな夢を見ると、それが心の情動《じょうどう》運動（規則的な動き）エネルギーとして与えられ……、ま、技術論や固いことは、ひとまず置いといて……。自分自身はフォトンといつも、デリカシー面のない「技術バカは嫌い」だって言われ、ケンカしてるし……。

（聖竜さん。土台の存在を忘れず、今度は宇宙の、また生命体の開拓者となってください。わたくしはもう大丈夫です。さっそく惑星・地球を開拓しに戻ってごらんなさい。におい好きな、開拓者さん——）

「げ、げげっ！」

思わず口を突いた言葉に、フォトンが「聖竜。返事は、はい！　でしょう？」とあの太く強い指で、お決まりとなった頭コツンを見舞《みま》ってきた。しかしそのコツンが普段より弱いのは、力加減を間違えたからだろうか？

「おお、まさしくフェニックス・ドラゴン号の生々しい、におい」

「そう、……よね」と、直情《ちょくじょう》なフォトンが珍しく軽口《かるくち》に対し、やり返してこない。きっと彼女は、言わないだけで疲れているのに違いない。大手術も手伝ったわけだし。軽口《かるくち》は、また別の機会に……ね。

「ふ、ふふふ」

やって来てくれた地球種の仲間たちの肩口や腕、体や頭の上なんかにも、半透明でふくよか、だけど天使似の育ったモルドたちが、ちょこんと乗っていた。みんな一緒にニヤついているから、自分の性癖《せいへき》は、大宇宙の知るところになるかもしれない。

聖竜はこの元・戦場で勇敢に戦ってくれた仲間たちへ、一礼をし、体を横向けた。そこには〝友〟のローグとジャンクミーネが並んで立ち、なんとこちらへ深くお辞儀をしてくる。つづけて神妙に口を開いたのは、ローグだった。

「聖竜よ、憶えているか。初めて会ったとき、オレは握手を拒《こば》んだ。だが今は違う。最期《さいご》にオレは肉球メインになるが、手を交《か》わし、明るく、さよならといこう」

「そ、……そうだね」

ようやくローグの心を正直にできた。当初、聖竜は考えなく、その引き締まった肉球と、固く握手を交わした。でも不思議なことに、ローグがなかなか前足を戻し、握手を終わらせようとしない。聖竜も汗まで滲《にじ》むほど、前足を握りしめながら伝える。

「精密な時間設定も位置もわかってるんだ。また訪ねにくるから、そのときは――」

「そのとき……は、存在しない。ハナからオレたちには存在がないと、言っていただろ？　新しく〝定まった〟宇宙に、オレたちの居場所は存在しない」というや否や、ローグの体が、筋骨隆々なその輪郭《りんかく》が……、ゆらぎ、ぼやけ、ゆっくり薄らぎ始めた。そう言えば、これは聞かされていた事実だった！

この問題こそ真っ先に解決すべきだったんだ！　ローグたちは、たまたま未来世界で生を受け、その類《たぐい》まれなる能力を使い「定まっている今の世界、未来にしか自身は存在できない」と察していた。

それなのに自分は深く悩みもせず、利己的に地球復活、モルド打倒のことばかりを考え、定まっていた過去と未来のレールを変えてしまった。過去の世界を起点としたレールの向きが変わり、新しく定まった未来世界に、ローグとジャンクミーネが存在していない特殊性は、変えられなかったのだ！

「おい聖竜、見ろよ。先の先に青い輝点《きてん》が現れたぜ。数十光年離れた場所から見た地球だぞ。

オレは過去の世界で地球を見たが、美しすぎて言葉を失った。そんな姿に戻りつつあるんだよ！　どうだ。オレは、オレがここまで生き抜いたことに、誇りを持てる！」

「……だ、だけど、僕は、大切なローグを、……失う」

「また新しいローグを見つけろ。おいおい今は、喜ばしいときだぞ。伝説のホログラム画像と違う、聖竜のそんな、しけた面《つら》なんぞ、オレは見たくない！」

「ロ、ローグ！」

激励《げきれい》のためかローグはガツンと言ってきたけれど、握手も接触も、そしてニセの友情も嫌う勇ましいオオカミと、気づけば聖竜はぎゅぎゅっと抱き締める強いハグをする格好となっていた。ローグももう、ハグしても毛嫌いする態度はまったく現わさない。

「心配するな。オレも、あきらめないからな。どこかに、むりやりにでも居場所を見つけてやる。そんときは後悔なしだぜ！」

「もちろんだ。きっとこの世は、そんなに悪くないと思うから」と両手で涙を拭《ぬぐ》った。

フォトンも長い首をぎりぎりまで曲げ、背中側へ顔からマズルをよこしてきた。「ちゃん」で呼び合うほど仲良くなっていたジャンクミーネと、恥じらうことなく抱擁《ほうよう》を、サイズが違いすぎるため、フェニックス・ドラゴンは口を使い交《か》わしている。

その大きな黄色い瞳は、ジャンクミーネの姿を永遠に焼き付けようと力がこもった感じだが、しっとり濡れた涙の輝きは、隠しきれていない。いいや、このふたりなら隠す必要もない。

「あ、あたし、ジャンクミーネちゃんが居る宇宙を絶対、開拓してみせるね」

「ありがと。とってもね、うれしい言葉よぉ。でも……フォトンちゃん元気ないね。わたしはお医者。最期《さいご》に診《み》てあげよっか？」

本気で診《み》てもらった方がいいかもしれない。だけどフォトンはなんだか、自分自身の頭が重たそうなそぶりながら、首は真横に振った。つづけざま無茶なことを、頼みこんでいる。

「ジャンクミーネちゃん？　じゃあ、明日、そうよ明日、あたしを診《み》て！」

「ごめんねぇ。それはできないの。フォトンちゃん」

そんなジャンクミーネの体が、同時にローグの体も、またたきだした。お別れは明るく明るくと考えても、こぼれる涙はとまらない。それを笑う者もいない。ただ、ローグは最期《さいご》まで実にローグらしかった。

「じゃあな。ヴァルハラ（英雄たちが集《つど》うとされる場）の畔《ほとり》で再会しよう。聖竜は来られるのかやや疑問は残るが……」

「こんちくしょうめ！」

親愛の情をこめ、聖竜がコツンとしようとしたところ、フォトンの背にふたりの姿はなかった。こつ然と消え、存在しなくなっていた。元から広いフェニックス・ドラゴンの背中が、これ以上になく、だだっ広い空っぽな様相をただよわせる。

大きな瞳いっぱいに涙をためているフォトンへ寄りそい、聖竜は腕全体で、逆にフォトンは器用な指先でお互いの涙を拭《ぬぐ》い合い、柔肌《やわはだ》とウロコの接触感、ほのかな温《ぬく》もりを分け、気持ちを落ち着かせた。

「……行っちゃったね」

「だね。でもフォトンさ。何だかまた、ひょっこり出会えそうな気がするんだよ」

「あたし、聖竜のたまに当たる勘を信じるわ。とにかくこの悲しい場所から離れましょ」

大きくうなずいてみせ、一緒に前を向く聖竜。次に、「たまに当たる」との言葉を思い出し、聖竜はフォトンへ眉間《みけん》コツンをみまった後、重い空気を塗り替えようと威勢よく掛け声を放つ。

「さようなら、モルドの女王さま」

(ええ、さようなら、英雄さん。あとはまかせてくださいね)

そう。自分たちも女王さまの計《はか》らいがなければ、とっくに消滅していた存在だ。時間切れになったら、たいへん。フォトンは加速を始め、生き物の体内を思わす、こみ入った現場から、一般的な星々のまたたく宇宙空間にまで、飛び抜けていく。

「ふぅ……」と珍しく、フォトンのため息を聞いた。肉体的にも精神的にも、こたえる事件が多かったからね。あと少しの辛抱だ。

そろそろ元の時空間へ、真の故郷たる過去の世界へ戻るべきとき。哀悼《あいとう》したり亡き相手を偲《しの》んだりするのは、無事に戻ってから気が済むまで執《と》り行えばいい。

今更だけど、急ぎ聖竜は気密宇宙服の状態を整えた。

「さあ、僕たちの旅路もこれで――」

その時だった。突如、漆黒の宇宙をつらぬき、謎めく妖《あや》しい声が聞こえてきた。

〈フォトンだけでは終わらないわ。あなたにはもう、そんな力、残っていないでしょう?〉

5 帰郷への「最期」の難関

妖艶《ようえん》ながら、冷ややかなキャリアウーマンふうな声、こんなたとえ方がふさわしい。不意に電波通信が入り、辺りに顔をやると、あの明蘭、違う、ドラゴンの姿をしているから「ライト」が、そこに居た! そういえば明蘭が死ぬ間際、ジャンクミーネは意味ありげなことを言っていた。こういうことだったのか――。

〈戦いで生じた破片とエネルギー、そしてモルドたちの治癒力でわたくしは、ふたたび命を灯《とも》せた〉

最初は明蘭ことライトの復活劇に、喜びを覚えた聖竜だったが、何だか普段よりクールすぎる態度に、不安感も同じく覚えた。案の定、ライトはタイムトラベルには膨大なエネルギーと力を使うと伝え、鋭く指摘してくる。

〈残念だけどこの妹、フォトンに、もはやタイムトラベルに耐えられる力は残っていない。でもフェニックス・ドラゴンの巨体は旅に必要になってくるのよ〉

「そ、そうだったのか……」

フォトンに、いつもの覇気《はき》や活気がなかったのは、こんな理由がひそんでいたのだ。そのうえフォトンの元気不足、それはエネルギーや力を生み出す、体内のコンバート・エメラルドの劣化《れっか》が原因で修復はできないし、モルドでさえ寿命という劣化をするので、とめられないことは必然だという。

「じゃあ明蘭、いやライト。いったい僕たちにどうしろと？」

〈わたくしの聖竜さん。今のが答え。体内のコンバート・エメラルドを交換すればいいのよ〉

「交換だって？　そ、そんなこと、したら、確か――」

コンバート・エメラルドを体に持つ生命体、未来ではほぼ全員みたいだが、それは力の源《みなもと》であり、自我《じが》とも関連すると研究が進んでいた。交換なんてしたら実質、明蘭とライトの自我を備えたフェニックス・ドラゴンへと変わることになる。他の回復方法はないのか――！

〈ひとつ、あるわ〉

ライトがあの斬首前《ざんしゅ》のひとときを、彷彿《ほうふつ》とさせる「知識で合成」したような、やさしく生あたたかな、どこか形式的な雰囲気を醸《かも》し出しだしてくる。

「ライト、方法はなに？」

〈粉々にしてから、交換すること〉と通信した途端、スリムなドラゴン・ライトが手をカギ型にし、巨躯《きょく》のフォトンへ突っこんできた。激震が走り、打撃音が響く！　フォトンの体が跳ね上がり、聖竜は弱くなっていたシールドの外まで放り出された。

「うわっ、わぁぁぁぁ！」

初めて体験する無保護状態の宇宙空間だ。危険な宇宙線（放射線）の類《たぐ》いも飛び交《か》っているし、生命維持機能は淡白な合成音声を出力してくる。

《衝撃で酸素タンクの一部が損壊しました。生命維持可能時間は残り約五分です。救急処置行動を推奨します》

「す、すす、推奨ったって、あ、安全な場なんか、どこにもないぞ！」

宇宙服付属の姿勢制御装置が働き、不規則に回転していた聖竜のバランスは自動的に整った。それでも上下左右、どこにも〝地面がない〟という無重力の環境は、自身の心に不安の揺さぶりをかけてくる。人間も宇宙服があれば宇宙空間に居られるが、いろいろと危険が多い。

〈あら、安全な場所ならあるわ。わたくしのこの懐《ふところ》よ〉

ふたたび電波通信が入った。少し離れたところから、艶《なま》めかしい声色でスリムなライトが、ドラゴンのカギ爪を光らせ、手招きしている。そのカギ爪とうごめくドラゴンの指には体液か？

いいや違う、あれはフォトンの血糊《ちのり》……がついていた。対するフォトンは体をL字に折ったまま、動けないでいる。

コンバート・エメラルドを「交換する」って綺麗に聞こえるけれど、相手の体からモノを掴んでえぐり出し、自分自身のモノを肉体へ突きこむってこと――！

〈聖竜さんは真のドラゴン族が弱肉強食で成り立ってきたって、知らなかったわね？　わたくしが今、わたくしの聖竜さんへ、しっかりレクチャーしてあげるわよ〉

「くっ、それは過去のドラゴン族の習《なら》わしだろう？　古臭い悪習は捨てるんだ、ライト！」

〈いいえ、学ぶのはあなたの方だわ。わたくしの聖竜さん、食べちゃいたいくらい、大好きよ〉とライトは口にしているから、フォトンと体を「交換」した後、同じように力づくでこの身も、奪うか食べるかということだ。

「僕も……ライト、嫌いじゃないよ」

〈なら、早く早く、ねぇ、ここまで来て〉と、甘やかすように抱き締める格好をとってくるライト。気密宇宙服のジェット噴射を使えば、すぐその肉厚なウロコの懐《ふところ》へ飛びこめる。想像してしまうと、雄々《おお》しい気持ちが高揚《こうよう》してきて、た、たまらない。

たとえ計算ずくの仕草《しぐさ》だろうと、ライトは端正で実に魅力的な雌竜だ。このままだと姿も、フェニックス・ドラゴンと「交換」してしまうだろう。さらにライトは力を温存しており、過去へのタイムトラベルは十分できるはず。

（……帰郷目的が優先ならライトに〝乗り換え〟ればいい。僕は未来人じゃないから、自分の存在が消えるより前に決めなくては――）

だけどこの身には、論理的に考えてフォトンが必要なのではない。長く付き合ううち、感情的に惹《ひ》かれた存在、そう、唯一無二《ゆいいつむに》なる愛し、純粋に愛される相思相愛な存在になれたのが、フェニックス・ドラゴンの姿をした彼女だ。

フォトンとは、不変不朽《ふへんふきゅう》で生涯の愛を誓ったパートナー。それは元気なときだろうと、窮地《きゅうち》に陥《おちい》っていようと変わらない。だから自分も万が一のときの覚悟は、とっくにできていた。

（……この僕の体にも、特殊なことにコンバート・エメラルドがあるんだ。検査ではカタチとして映りはしなかったけど）

姉のライトは「論理的に野蛮」ながらウソはついていないと思う。現に今のフォトンは、体勢を戻すのがやっとで、離れていても青息吐息《あおいきといき》状態だと見てとれる。劣化したモノ、仮に絵画なら、陽に焼けたり、素材がボロボロになったりすると、もう新品には戻せない。

（それに前回と観測所とを合わせて三度も、明蘭＝ライトの同じ手に乗るほど、僕はお人好しじゃない！）

……などと、あれこれ考えているヒマはなかった。勢いよく宇宙を跳ねたライトが再度、腕を槍《やり》と化し、無防備に近いフォトンの胸元を狙っている。コンバート・エメラルドをえぐり出すか、体を貫《つらぬ》き、むりやり摘出するつもりだ！

「よしっ、通信教育の実践だ。フォトン！　ライトの腕の関節を蹴りあげろ！」

叫ぶ聖竜だったが無情にも、宇宙空間で離れていては「音」は伝わらない。しかし幸いなことに、ＡＩ搭載スマートフォンは宇宙服と同期していた。聖竜の声をのせた電波が発信される。フォトンをふくむドラゴン族は電波帯域まで「見て」「聞く」ことができる体質なのだ。

ライトにも聞こえただろうが、フォトンは弱っていてもフェニックス・ドラゴンのパワーで関節を逆向きに蹴り上げていた。

「！」

ライトの腕が不自然な角度に曲がっているのは、見てとれた。これは危険な関節技であって、聖竜が通信教育で学んだ護身術のひとつだった。

〈……通信教育ねえ〉

「な、なんだよフォトン。ローグみたいなこと言うなよ」

やり返したあと、最大限に頭を働かせた。なぜドラゴン族が電波をやり取りできる体質なのか？　生物学者がかかえるべき案件だけど、とりあえずのヒントがこれに隠されていると、自身の直感がガンガンうなっているのだ！

愛しき〝ひと〟、さらに、いつも自分を護《まも》ってくれる〝ひと〟を、逆に護ってみたい。

（へ・ン・タ・イ！）

こんな、フォトンの過去の言葉が頭をよぎった。ひらめきやアイディアは、無関係そうな内容や発想から生まれているのは、歴史書を見ればわかる。急に過去のこの言葉が思い出されたということは――。

ギリギリギリ、ブチリ。

モノを引きちぎるような、ひどい音が聞こえた気がする。ふと顔を上げると、ライトが役立たずは不要とばかりに、折られた自身の関節から先をぶっちぎって、ゴミさながら宇宙へ捨てていた！

〈移動のジャマになるモノは要《い》らないわ。いずれまた生えてくるから〉

電波の通信がヘルメット内へ流れてくる。もはやライトは自分のドラゴンの体がグシャグシャになろうとも、最終的にフェニックス・ドラゴンの体へ乗り移ればいいと、判断したようだ。

正直、自爆覚悟で挑んでくる相手ほど、厄介《やっかい》な敵はいない。先ほどライトは、ガン病巣や侵された倒された免疫系《めんえきけい》の破片で、よみがえったと告げていた。だとしたら、この世の運行を呪うしかない。

ライトは悪性のモルドによって、いずれまた殺されるのだから。自我を保てるのも時間の問題だ――。

考えろ聖竜。言葉の意味を……！　だが電光石火《でんこうせっか》の早業で、侵《おか》されているライトが逆の腕を使い、フォトンの脳天を打ちつけた。つづけて強引に体を立たせ、そのウロコの胸元に、カギ爪が伸びた手で掴みかかる。

〈ガァァ！　ね、姉さん。や、やめて……、お、お願い〉

〈ふん。いまさら、姉さん？〉

戦おうとすらしないフォトンのウロコは、あっさりと潰され、剥《は》がされ、ライトのえぐいカギ爪が、ためらいなく胸元へ突き刺された。腕をドリルのごとく動かし、ライトはフォトンのまさしく心臓部位だろう患部をえぐり抜いていく。

大量の体液は、無重力空間の宇宙で丸くなって、方々へ飛び散り始めた。長くやられると、ガンの病巣が、……侵《おか》されている部分がフォトンへ、転移してしまうかもしれない。

それでもフォトンはまだ姉を信じ、優美で細長いドラゴンの口を、痛そうにパクパクやっているだけだった。これを見、許せなくなった聖竜の体に、強く激しい落雷そっくりな刺激が走る。そ、そうか、これだ！

ドラゴンたちは複数頭で戦うとき「編隊飛行」をしていた。それもかなり整った編隊で、以前の大戦では人間かエネルギー生命体か、敵だった相手へ挑んでいる。これは部隊の隊長がある程度、行動をリモートコントロールしていたのに違いない。

そう、電波を使って――。

だからドラゴン族は、電波をも自由自在にあつかえる体質なのだろう。言葉やジェスチャーと違うから、電波を暗号化しておけば、敵に傍受《ぼうじゅ》されても組んだ編隊は崩されにくい。コントロール内容さえバレなければ、統率《とうそつ》のとれた完璧《かんぺき》な連携攻撃ができ、強みとなろう。

一発逆転の切り札だ。フォトンなら、きっと教えてくれると思う。しかし電波を発したら、こちらの策がライトへも「聞こえて」しまう。それでは水の泡だ。こうなったらフォトンの聡明さに賭け、こちらも暗号に近い光のシグナルで頼んでみよう。シグナルはシンプルでいい。

聖竜はヘルメットにある強力なＬＥＤをちらつかせ、うまくフォトンの気を引いた。ただライトも同じく、こちらをみつめている。

フォトンは「アスキーコード表」（英数字を数値や信号で示したもの）を、暗記している「変態」の仲間だ。これを使う。コンピュータ・プログラミングに興味津々《きょうみしんしん》だったフォトンと一緒に、有事の際の連絡方法として決めておいたこと、彼女は憶《おぼ》えているだろうか？

〈ドラゴンノアンゴウ〉

ところが案の定、ライトはシグナルを送ってフォトンへ、何か伝えたと察してしまう。方向転換したライトが急接近し、片腕でこの身を羽交《はが》い絞《じ》めにした。そのまま以前とまったく同じ、宇宙服だろうと何だろうと切断できる体液に濡れたカギ爪を、こちらの首に押し当ててくる。

「なにかメッセージを送ったわね。内容を教えなさい」

ライトと密着しているため、冷静さを欠いた怒れる声が振動で伝わってきた。黙っていると斬首《ざんしゅ》すらできる鋭利なカギ爪が、だんだん宇宙服へ食いこんでくる。宇宙服が破れでもしたら、人間は数十秒で膨れ上がって破裂という死を待つだけだ。強烈に不安になってくる。

死ぬのが怖いのではない。

フォトンからの返答がないのが、怖いのだ。よもや相思相愛のはずだった生活は、かりそめの姿で彼女は迷っている？　確かに、暗号が解かれたら種族存亡の危機に、一時的にはなるかもしれない。でもすぐ暗号を変えれば、体をリモートコントロールされる問題はなくなる。

「……フォ、フォトン。光香《ひかり》？」

〈……〉

これがこの大宇宙の暗闇でたった独りぽっちという、凍りつくような孤独感だ。とある研究では、人間は四〇日以上、他人とも外部とも接触なく過ごすと、心の失調《しっちょう》をきたし、自然死、もしくは原因不明の変死をするという。どのみち自分は死んだも同然だ。

「もういいライト。早く僕を殺せよ！」

もしリモートコントロールを可能にすれば、フォトン自身も、この自分の、いわば言いなりになってしまうのだ。それを軽々しく伝えるのには、相当の覚悟と勇気、最も重要な、心からの信頼が求められる。どれかひとつでも欠けていたら絶対、教えはしないだろう。

「残念だ……。とっとと殺してくれ！」

すべてをあきらめ、万策《ばんさく》尽きた聖竜がライトをどやした、そのとき――。

気密宇宙服のヘルメット内に色とりどり、可憐《かれん》で鮮やか、心を希望の金塊に変える〝女神さま〟の声が広がってくる。それは疲れきった雰囲気だけど、まぎれもなくフォトンのやさしい声だった。

〈ごめんね。パスワードが必要でハックするのに手こずったの。付属のコンピューターへ送信したから。リモコンワードはもう、聖竜？　自由に使えるわよ〉

〈あ、ありがとう〉と半泣きでうなずく聖竜。自分たちの関係ならこれだけで十分、伝わる。

ハック……ハッキングしていたなんて、この自分よりフォトンはいろいろな面で達人なんじゃないのか？

それより「リモコンワード」をライトに、オーバーライド（上書き変更）される前に必要なだけ、活用せねばならない。最初にライトへ、この身の拘束を解き、本当に「リモコン」ワードなのか、付け加えて試してみた。

〈ライト、今すぐクルっと前転しろ〉

途端、ライトの羽交い絞めから解放され、次にライトはリモコンワードどおりに宙返りを行った。もはやライトは怒髪天《どはつてん》を突き、牙をむく鬼の形相をし、こちらをにらんでくるけれど
〈僕たちを攻撃してはならない〉と追加するだけで、怒れるライトは何もできなくなった。

こんなところへ、ゆるゆるとフォトンが、えぐられた幹部を気にする様子でやって来た。そして微笑すると、あのローグの魂が乗り移ったか、気丈にも皮肉ってくる。

〈あのさ聖竜？　あたしへ向けて、においを嗅がせろーとか、脱げーとかリモコンワードは使わないの？　早くしないとワード、変わっちゃうよ？〉

「考えとく」とだけ聖竜は答え、妙な明るさを演じているフォトンへわけをたずねた。するとVサインのように、フォトンの美麗《びれい》なウロコの指二本が伸ばされる。

うちひとつは、ドラゴン族にも仇討ちの、いわば悪習が健在するらしい。吐き捨てるようにフォトンは、姉のライトとは絶縁し、身内でもなんでもなく、むしろ命を奪おうとする敵（かたき）と同じだという。

もうひとつは聖竜、そう、この身のごく近くにいると、精神的なものとは違う、本物の力が出てくるとのこと。多機能スマートフォンをかざすと、エネルギー反応があり、フォトンの方へ流れているベクトル表示が現れた。育ったモルドたちの良い影響がまだ体に残り、フォトンへエネルギーの分配が行われているのかもしれない。

このままなら単純に、この身と「密着」していれば、フォトンはある程度まで力を高められるということ。やはり生き物たちのエネルギー生産の基礎であり、モルドをふくむ生態系の土台たちは、タフに働くようだった。

だが次の瞬間！　宇宙空間に衝撃波が放たれる。

「な、なんだ！」

〈……最後のガン病巣も、葬《ほうむ》らないといけないわ〉

弱っていてもフェニックス・ドラゴンのパワーは強大だった。とめる間もなくフォトンが片腕のライトの顔面を平手打ちしていた。その振動が衝撃波にまでなったのだ。フォトンはライトを見切って姉に対し、「仇討ち」に出ようとしている――！

リモコンワードでフォトンをとめられるものの、それはガン病巣を持つ、ライトを野放しにすることと同じだ。だけどライトに、たとえばこの先で輝く恒星（太陽）へ突っこみ、死ねなんて、甘ちゃんだと揶揄《やゆ》されても、自分には指示できない……。

体調に回復の兆《きざ》しがあるフォトンは、再度の「仇討ち」を行う体勢だ。よし、リモコンワードの内容は決まった。

宇宙一の甘ちゃんとでも、意気地なしとでも言いたいやつは言えばいい。

〈ライトは今後、自衛目的以外の攻撃や侵攻を行わないこと。そして侵されているガン病巣の特効薬をみつける旅に出ること。もし自我までも侵されていくようなら……〉

〈ええ、自爆するわ〉

ライトがうなずき、リモコンワードの指示を継いだ。ライトには、まだまだ自我を保てる余裕がありそうだし、狂わされているふりをして、こちらの絆《きずな》の固さを確かめたのかもしれない。

ライトの嫉妬心《しっとしん》について聖竜は、なんとなく気づいてはいた。

「ライト、僕もキミが嫌いじゃないよ、何度も言うけど。人生で最初の〝ひと〟になってくれたんだから」

〈……そう〉

伝えた聖竜は宇宙服でジェット噴射し、わずかな間だけどライトの計算ずくでもかまわない懐柔《かいじゅう》へ飛びこんだ。今度こそライトはそっと力加減し、この身を抱き締めてくれる。

聖竜はそのカギ爪が目立つ手に、新型ワープ装置を静かに掴ませた。これさえあれば、広い宇宙を縦横無尽《じゅうおうむじん》にワープし、ガン病巣の「特効薬」をみつけられる日と出会えるだろう。

〈ダ、ダメよ聖竜？　あなたたちが帰郷できなくなってしまうわ〉

「旅経つライト、青春の面影《おもかげ》となるライトへの餞《はなむけ》だよ。大丈夫。宇宙は意外とシンプルな造りだったからね。結局、意識とエネルギーを放つ具合がカギだったんだ。モルドの女王さまより、分けられた力も使えるからね」

ウインクし、ライトの懐《ふところ》を存分に味わった聖竜は、ライトらしく、お別れもクールにしようと伝えていた。だからセクシャルさはフォトンをも優《まさ》るライトの懐《ふところ》から離れたあとはもう、すでにワープが試されており、彼女の姿は消えている。

フォトンは聖竜の「感じたこと」を察した様子でたたずむけれど、いよいよこの壮大な宇宙空間に、フォトンとふたりぼっちになった。また、こちらをみつめるフォトンの問いかけもシンプルだった。

〈さぁ、あたしの背中へ、いいえ、懐へ来て。ま、どうせガキっぽい、このあたしの懐で帰郷について考えましょう？〉

「べ、別にガキって、そ、そんなこと……は、まぁ」

フォトンは感じたことを完璧《かんぺき》に読みとっているが、怒っているのかポジティブ思考でいるのか、いまいちわからない。ただ帰郷の方法は簡単だ。フォトンは物理演算《えんざん》すら、暗算できるほどの能力をひめている。

フォトンの体自身が新型ワープ装置の代わりとなり、その移動に必要なエネルギー源には、この身、この自分がなる帰郷案だ。自分も莫大《ばくだい》なエネルギー消費で、コンバート・エメラルドが劣化するだろう。だけど自由自在なタイムトラベルは、危険やリスクが大きすぎるから、それくらいでちょうどいい。

誰もが簡単に未来世界へ行けるのなら、人生の今後はつまらないものになってしまう。人生は、そう、未来は苦しくても自力で「開拓」していくからこそ、大きな夢を見られるのだから——。

「さぁフォトン。今回はキミが僕に背負われる番だよ」

「聖竜にあれこれ言ったけど、あたしも計算ミス、よくするわ。搭載コンピューターにやらせた方がいいんじゃ……」

「僕はフォトンの計算結果の方が、よほど安心できる。やって。それとも……リモコンワードで言わないとダメ？」

聖竜は、フェニックス・ドラゴンの巨体をちょこんと背負い、……というよりコバンザメさながらに、くっついて彼女の大きな手のひらで、掴むように支えてもらう。ここは丁度フォトンの懐《ふところ》の中かもしれない。

フォトンは黙ったまま応じてこないが「相思相愛」をお互いに認める間柄だ。果たしてリモコンワードなど要《い》るのだろうか？　考えを巡《めぐ》らせていると、計算できたのか、フォトンが優雅な飛翔をスタートさせ、淡々とした調子で見惚《ほ》れる流線形のマズルを開く。

「あたしには、あなたが必要よ」

「えっ、ええっ？」

皮膜《ひまく》が見えるシールドのなか、聖竜は自分の頬《ほお》がポッと染まるのが手に取るようにわかった。だけどこれは聖竜の切ない勘違いで、フォトンは「タイムトラベル用のエネルギーとしてね」と、冷ややかに言葉を加えてきた。

「わかった。でさ、フォトン？　これからも……こんな僕と一緒に過ごして遊んで、宇宙に住まう生命体の開拓者にもなろう！」

「……はい。あなたのご指示どおりに」と、抑揚《よくよう》なく彼女に応じられたため、よもやリモコンワードを使ってしまったのかと、聖竜は焦《あせ》りまくった。この帰郷の旅が失敗する可能性だってあるから、どうしても最愛の〝ひと〟に知っておいてほしかったのだ。

「うふふ、ふふ。あたしの聖竜♪　そんな早合点《はやがてん》する性格も、あたしが丸ごと受けとめてあげるから。心配しないしない。ね？」

またフォトンに、この身の「ウブ」な点を手玉にし、からかわれてしまった。それならそれでかまわない。リラックスできて、きっと帰郷の旅は成功するはずだから。

自分たちは家に帰る！　旅は必ず成功する！

シンプルな気持ちに変えた聖竜は両腕をかかげ、全身全霊の力を爆発するようなイメージで手の先へ集めた。途端に星々が瞬《またた》く宇宙の一部が、まるで絵画として切り抜くようにぼやけ、切り離された。たぶん、一般的な三次元空間から自分たちは外れ、そこが帰郷への異空間のトンネルになるのに違いない。

「うおぉぉぉぉぉ！」

力《りき》む自分の声さえも、ひずんできた。当然だ。自分たちは宇宙の大原則である光速不変（光の速さは一定値であること）のカベ、まぁルールをひん曲げて帰郷を狙うのだから。いいや、異空間を使うから、一般的な物理法則は適用されなくなって……。

「まーたまた聖竜。小難しいこと考えてたんじゃないの？」

「ち、違うよ」と首を振ったけれど、図星だった。初めておんぶしたフェニックス・ドラゴン（無重力だからできるんであって……）は、さっと片腕を弓なりに動かし、辺りを指し示した。

「始まったわよ。あたしたちのパーティーが……！」

まさしく、赤から青、そして緑色へと、光の三原色が鮮やかな螺旋《らせん》を描き、それらは自分たち、たんぱく質でできた生き物が持つ、遺伝子の塩基配列《えんきはいれつ》を目いっぱい拡大したように連想させた。以前と同じように、次第に輝きも増してきて、お決まりの七色の光へと変わっていく。

そのど真ん中をフォトンにしっかり支えられ、聖竜もくぐり抜け、どんどん突破していった。とりわけ色たちの螺旋《らせん》がダイナミックな動きのダンスをくりひろげ、転じて豪快な打ち上げ花火のごとく爆裂する。

「……な、なるほど」

そのとき聖竜は、まるで意識という「軸」やら「骨格」やらに、血肉がまとわりついてくるのに似た、異様な感触を覚えた。これは、あれこれ部品をつけていって異空間を旅する、生命体を形とする機械的な、生産プロセスのようにさえ思える。

ここまではパーティー、宴《うたげ》、それらに問題なかった。しかし未来へ向かったときも、危機一髪だった意識が凍りつく現象が起き始め、フォトンやこの宇宙服まで、どんどん氷結してきている。

「ま、まずいぞ！　運よく帰郷できても、いったい誰が僕たちを刺激して、目覚ましになってくれるんだ？」

「そう、よね。あ、あたし……、ぼんやりと、して、……きて」

すでにフォトンは、意識が凍りつきかけていた！　それでも聖竜を抱いて支える手だけは決してゆるめず、ひどいたとえだと、どなられそうだけど「立ち弁慶《べんけい》」の逸話《いつわ》が頭をよぎる。死してもなお立ち尽くし、試しに「岩をぶつけても」不動の武人だったという伝説だ。

そうか。自分たちは、この逸話に賭けるしかない！

聖竜もぼんやりしてきた意識のなか、付属コンピューターのレーダー機能を使って軌道修正のジェット噴射を行う指示まで入力していった。

《自動設定は完了しました》

単調な合成音声が聞こえ、そこで美しいけれど、ゆがんだ光景すらモヤモヤとしてきて、聖竜とフォトンはともに容赦のない現象に呑みこまれていった。

「……」

「……」

この後のことは、気密宇宙服が記録していたホログラム録画動画で知って、考えるのだが……。凍りついてから数秒後、ふたりはごく普通な宇宙空間へ突如、放り出される。だけど目覚めには程遠い。冬眠さながら、ふたりは凍りついたままだ。

辺りの不可思議だった光景は深い闇色へと変わり、周囲はうす暗いものの、まるでふたりへ、スポットライトを当てたような状態となっていた。それも……、滴《したた》る水の青色と白雲が入り混じる地球の輝きで作られた、壮大なスポットライトだ。かたわらには輝かしい原始恒星系が、ガス雲の渦を作る。

無粋《ぶすい》な宇宙服のコンピューターは訥々《とつとつ》と指示どおりに働いていた。宇宙服の各部からジェットが激しく噴射される。普通はここまで激しくない。フォトンを背負っている分、軌道修正に力が必要なのだ。

《ジェット燃料の残りがわずかです。至急、補充してください》

合成音声は告げるが、応じられる者はいない。ジェット用燃料が切れたら、ふたりの「目覚めのとき」は永遠におとずれない。

ジェット噴射は弱くなってくる。聖竜、即席のアイデアは失敗するのか？　すんでのところで、ふたりの軌道修正は完了できない？

《燃料は残りわずかです。五……四……三……》

音声出力と同時に、燃料残量のカウントダウンが始まった。まもなくゼロになる！　その直前……！

まさに「痛くて火花がちらついた」とは、このことだと理解させられる。実際、「激突」の鋭い火花がいくつも散って広がり、ホログラム録画動画も大揺れしていた。

つづけざま、わら人形の山ですらかなわないほどの、呪いのうめき声が轟音《ごうおん》のうねりとなって、またも、広がる輪のような衝撃波を宇宙空間に作らせた。そんな呪われし激突をした相手は――――！

エピローグ

ここはすべての始まりの地であり、新緑の生い茂る山深くに広がる草地だ。聖竜たちは後片づけを終え、脱ぎ捨てた宇宙服が映すホログラム録画動画で、ことの顛末《てんまつ》を知った。

ふたたびここへ戻ったのは、旅の感傷にひたるためではなく、元から野外キャンプ一泊をする予定にしていたからだ。草地でリラックスしながら聖竜は得意満面、小柄なドラゴン姿に変わり、となりに座ったフォトンへ話しかける。

「地球軌道にうかぶ小惑星へコースを定めて激突させる。見事、これが刺激になって、僕の大作戦は成功したわけだ」

「なーにが大作戦よ！　実際、頭から激突したのは、このあたし。しかも隕鉄《いんてつ》が硬くて本当に火花、散ってたじゃないの！」とまぁ怒り気味のフォトンは、小柄なドラゴン姿でも力は人間の比じゃない。そんなウロコの指で激突の再現とばかり、こちらの脳天をゴツンとやってきた。

「あ痛たたっ。音がいつもと違ったぞ。ゴツンって音！」

「あらぁ聖竜、火花が散るところまで再現してほしいのかしら？」

言い切ったフォトンがしなる首を曲げて、こちらを見下ろすよう立ち上がり、手の指をグリグリともんでいる。焦《あせ》った聖竜は「論理的にやったらいけない理由がある」と伝えて抵抗を試みる。

「野山は火気厳禁だぞ。火花が燃え移ったらたいへんだから、ダメなんだ」

「ふーん。お見事な論理であたし、指のうずうずが――」

ところが、半笑いで小首をひねったフォトンの様子が急変していく。突然へたりこむ格好で寝転び、だんだんと息を荒くしつつ仰向けに倒れてしまったのだ。

そういえばいつもより、何気にふくよかなドラゴン姿だったけれど、悪性のモルドが体内に残っていて腫瘍《しゅよう》みたいに膨れ……⁉　苦痛に顔をしかめている彼女は、伸ばされた後ろ足で反動をつけ、下半身に力をこめている。

そこで聖竜は見つけてしまった。フォトンの「産道」からあふれ出ている粘液《ねんえき》を――。これは病気でも悪性モルドでもない。お産が始まったのだ。この身はドラゴンのお産に、立ち会ったことがないうえ、知識も本で読んだ程度しかない。

「せっ、せいりゅう……、ガッ、ガァァァァ！」

「僕はここにいるよ！　大丈夫！　安心して！」と、不意に伸ばされてきたフォトンのウロコの片手を、聖竜は指までぎゅっと絡めて固く握り合った。

つかの間、きつくうめいたドラゴンのフォトンが身を何度もよじり、熱を帯びた声を送ってくる。とにかく彼女は意識だけは失わないよう、身も心にも、あらん限り気合いをこめ、力《りき》んでいる感じだ。たぶんもう、子宮の収縮《しゅうしゅく》運動は始まっているだろう。

さすがのフォトンも痛みに耐えかね、唾液が散るほどに牙を打ち鳴らすときがある。仰向け状態のまま彼女の四肢《しし》は不規則に、また時折、誰かを脅すかのごとく鋭く動かされ「まるで口から、口以上の大きな果実を吐き出す位の痛み」と、たとえられるお産のキツさが見てとれた。

ここで広がる産道からどっと粘液があふれ、濡れているものの黒く太い「何か」が見えだした。明らかに人間の赤ちゃんとも、ドラゴンの仔とも違う異質なサイズのモノだ。

(まさかエイリアン……！　色んな世界に行ったから、拾ってきて……うわわ)

「くぅう。せ、聖竜？　ど、どう……したの？」

頭をあげたフォトンは短くもだえ、浅い呼吸を繰り返した。しかし彼女の意思は鋼《はがね》さながらの強さで、異質な何かを潰さないよう、太ももを閉じることはしない。

(いざとなったら……、こ、この僕のプラズマ・ガンで……！)

モノを掴んで引きながら考えた直後、聖竜は後ろへ腰からひっくり返る。ボトリ、と、にぶい音が聞こえ、「何か」が彼女の産道から飛び出た。握り合った手と雌竜の手はそのままだったので、聖竜は逆にフォトンに手を引かれ、助け起こされる。

そこで見たもの、そ、それは――――！

「……オ、オレは……いったい？」

「あ、あららぁ。……フォトンちゃん？」

濡れた体で身をねじっていく、消滅したはずの黒きオオカミ・ローグと、ぼんやりした感じの多種多様な姿が混じるジャンクミーネ、ふたりの「誕生」だった！　驚きのあまり、またここで「ちびり」そうにもなった。

しかし聖竜は「未来世界が過去の世界を定めた」と察して理解した。

各種族が住まう空間（世界）は開拓こそできたけれど、その……、異種族間の交配は不可能、さらに掟《おきて》を破って行えば、お決まりの「生態系」のバランスが崩れ、全地球文明は滅亡すると、識者たちによって現在、半《なか》ば禁止が常識化されていたからだ。

もしそれが常識化して定着すれば、多種多様な種族があふれ返る未来世界は、存在しないことになる。宗教によっては、異種族に対する〝愛〟に制限をつけているものの、ＬＧＢＴの問題すら解決している今、再考すべき時期だと思う。

この宇宙、自然界、それとも神が、あのような未来世界と文明を創るため、ローグやジャンクミーネを礎石《そせき》（生きた見本）とする「過去の世界」を、きっと定めたのだろう。

これで異種族間の交配についての「一見、論理的っぽい否定的結論」「倫理的な否定的結論」などの雑論は、すべて消えていくだろうから……。

「ロ、ローグ……ぼ、僕は――」

「おい聖竜よ。まだ若々しい、ふたりのプライバシーは守るから、心配しなくていいぞ？　あそこのテントの中は決して覗かず聞かず嗅がず……ん？　この、におい。よもや聖竜よ、ちびって――」

「うるさーーい、ローグ！　復活して早々、いきなりそんな話かよ？」

そう、ローグやジャンクミーネは一度死に、輪廻転生《りんねてんせい》か自然界の定めか、何らかの力で、よみがえってきたのだ。「死んだらどうなったか？」、哲学的にも科学的にも大いに興味がある内容だ。でもニヤつく目の前のローグには、答えはまったく期待できない。

ただ……、今後の勇ましい開拓者が増えた気もしてならない。

新たに、いいや、再び〝友〟を得た聖竜たちは、さらなる、ずば抜けた開拓者たちとなっていくのだが……。それは別のお話。機会があれば、このつづきが語られることになるだろう。

……おかえり、大切なお友達――。


〈了〉

ビースト・ゲート
生命体の開拓者

2019年2月28日初版第1刷

著　者　米村貴裕《よねむらたかひろ》

発行人　松崎義行
発　行　みらいパブリッシング
〒166-0003 東京都杉並区高円寺南4-26-5YSビル3F
TEL 03-5913-8611　FAX 03-5913-8011
http://miraipub.jp　E-mail : info@miraipub.jp
企画編集　田中英子
編集　諸井和美
イラスト　井口 晃
ブックデザイン 堀川さゆり
制作協力　SBR　爬月臣人　田仲大樹　Ayauma　デビット ハーベン

発　売　星雲社
〒112-0005 東京都文京区水道1-3-30
TEL 03-3868-3275　FAX 03-3868-6588
印刷・製本　株式会社上野印刷所

ISBN978-4-434-25628-8 C0095